CB124684

Para os amigos
Gisela Rao, Melissa Lenz e Pedro Almeida.

"Sim, eu tive muitas intimidades com estranhos. Depois da morte de Allan... as intimidades com estranhos me pareciam ser a única coisa capaz de encher meu coração vazio. Eu acho que era pânico, somente pânico, que me levava de um para outro."

Blanche DuBois em *Um bonde chamado Desejo*, de Tennessee Williams

32

A primeira conta deu vinte e sete. Mas, antes que eu chegasse ao número correto, 32 (curiosamente minha idade), antes que eu exumasse por completo a memória, decidi que iria fazer uma tatuagem para cada um daqueles, até então, vinte e sete homens que haviam passado pelo meu corpo. As pessoas celebram em tatuagens amores eternos, correspondidos, felizes, mas eu farei justamente o oposto: vou abrir, com mil estocadas de agulha, mil drenos na minha pele para que esses homens possam, finalmente, sair de mim. Alguns deles não me quiseram, outros, não me quiseram mais e outros ainda, ah, eu me arrependo a ponto de cuspir com força no prato em que comi. Na verdade, eu quero mais é cuspir fogo feito uma dragonesa ensandecida em todos eles! Ou em quase todos...

Azar, azar, azar!

Se tem uma coisa que me irrita é essa plêiade imbeciloide de terapeutas e apresentadoras de televisão apontando o dedo para quem sofre por amor com o diagnóstico pronto: "Você precisa mudar o padrão, querida. É você quem atrai esse tipo de homem."

Freud deve se revirar na sepultura com essa popularização da psicanálise. Popularização até que seria uma coisa boa, estamos além disso: estamos numa feira de rua, com tipos desqualificados usando correntes de ouro no pescoço, aventais sujos de sangue de peixe e sandálias havaianas gastas a gritar que o seu problema, querida, é que seu pai largou sua mãe e que por isso você se sente atraída por tipos abandonadores. Alguém aí, alguém da feira ou da universidade, conseguiria explicar como é que eu posso achar um homem interessante na internet, e adivinhar, de forma incrivelmente certeira, que ele irá reproduzir o modelo abandonador do meu pai? Como é que eu posso saber, sem sequer ter trocado uma palavra com ele, que, após sete semanas de romance, após dividir sobremesas, após cravar os olhos em mim como se crava um prego de prata num lobisomem, Marcelo me deixaria plantada na porta de um teatro sábado à noite? Como é que eu consigo fazer isso de novo e de novo e de novo? Eu deveria ser estudada pela ciência: sou uma pitonisa moderna do amor bandido!

Nesses tempos de lei da atração, pensamento positivo e o escambau, é um absoluto sacrilégio eu dizer que simplesmente tive azar com os homens. O-contrário-de-sorte coisa nenhuma: eu tive foi um baita de um azar! E, já que tenho cadeira cativa no fundo do poço, repito três cabalísticas vezes: azar, azar, azar! Quem sabe Lady Murphy não esteja passando por aqui agora e resolva usar seus poderes invertidos em mim? Ou talvez ela fosse apenas me dizer a pior das consolações aos corações partidos: "Goste de você mesma primeiro, querida, e depois o mundo gostará." Certo. Mas será que alguém pode gostar de mim, digamos, ao mesmo tempo para que as coisas fiquem um pouquinho mais fáceis? Aposto que eu conseguiria edificar uma personalidade com autoestima mais elevada se o George Clooney me chamasse para sair agora. Nem precisaria ser o George Clooney: poderia ser o Marcelo e seus tênis All Star vermelhos.

Naquela noite, eu não fui embora. Quis acreditar que ele apareceria no fim da peça para me pedir desculpas por ter se envolvido em algum contratempo inesperado. Sim, provavelmente ele faria isso! Engoli lágrimas de vergonha quando o terceiro sinal soou e eu me vi à espera dele, com os bilhetes na mão. Engoli e entrei no teatro. Esperei que a peça terminasse, esperei que o saguão silenciasse, esperei que o estacionamento esvaziasse e, quando só havia o meu carro sobre o platô de pedregulhos, uma garoa frienta me respondeu: ele não vem. Como a ave sinistra de Allan Poe: nunca mais. Enquanto isso, a apresentadora de TV repete com voz pastosa "você precisa se amar, querida". Ah, claro. Claro que sim.

Jamiroquai

O dia não estava bom para viajar. O frio e a umidade na serra eram tão intensos que as janelas do ônibus suavam gelo. Vesti minha jaqueta branca, peguei um chiclete e comecei a mascá-lo devagar para manter o docinho por mais tempo. Aproximei meu rosto do vidro e lambi o suor da janela. Um gosto de caruncho tomou conta da minha boca. É, definitivamente, o dia não estava bom para viajar.

– Por que você não vem pra cá? – Marcelo disse no MSN.

Porque meu carro está na oficina seria uma resposta verdadeira. Mas eu sou do tipo que caça com gato e até com rato, se for preciso.

Minhas opções naquele sábado eram assistir pela milésima vez à reprise do *Curtindo a vida adoidado*, limpar a geladeira ou descer para a praia e conhecer um cara novo. A pior coisa que poderia me acontecer – além do ônibus derrapar e explodir na serra – seria olhar para Marcelo, não gostar dele e pegar o próximo ônibus de volta a São Paulo.

Ok, tudo bem, confesso: eu queria retornar ao Guarujá. Quando eu tinha dezesseis anos, minha mãe comprou um apartamento na Enseada, perto do morro do Maluf. Mamãe não costumava viajar, meus irmãos não ligavam para praia e, no fim das contas, só eu aproveitei aquele lugar – e aproveitei até o osso. Numa das minhas descidas, conheci a abençoada criatura que teve a cortesia de me tirar a virgindade, mas isso eu conto depois.

So baby let's get it on, drinkin' wine and killin' time, sitting in the summer sun.

– É Jamiroquai – Marcelo disse ao entrar na varanda e me pegar dançando de leve. – Você gosta?

Gosto. E gosto mais ainda dessa mão na minha cintura. E gosto mais ainda dessa outra mão tirando minha franja da frente dos olhos. E gosto mais ainda desse movimento sutil que daqui a alguns segundos vai desaguar num beijo na boca.

– Você é linda mesmo.

Pronto: amoleci como gelatina que perdeu o ponto. E esse estado, todo mundo sabe, é irreversível.

Se dar ao respeito

– Você precisa se dar ao respeito!

Eu detesto praça de alimentação. Gostoso é conversar durante as refeições num ambiente o mais silencioso possível, gostoso é restaurante vazio, cinema vazio, shopping vazio. Mas, como eu não desejo que a cidade seja infectada por uma peste misteriosa à moda dos filmes de zumbis, realizo esse desejo tentando mudar meus horários. Ontem, porém, aconteceu de eu estar ao meio-dia e meia no shopping, com o estômago grudando nas costelas. Ao meu redor, uma inundação de gente faminta e, sobretudo, barulhenta. Os restaurantes mais caros estavam igualmente cheios, decibéis a mil, melhor resolver o assunto rápido e rasteiro. Escolhi um prato ao acaso, número cinco, vamos lá. Nossa, recebi ervilhas estupendas! Ou será que eu, geração-enlatados, nunca havia comido ervilhas frescas na manteiga? É provável. Enfim, encontrei uma mesa para dois, espremida entre outras maiores, e me pus a comer. Em meio àquele inferno cacarejante, uma voz se destacava na mesa ao lado: era uma moça advertindo outra. A primeira agitava ambas ao mãos, a segunda tinha os olhos baixos.

– Se dar ao respeito, sim! Você transa na primeira noite, se oferece feito um prato de macarronada e acha que o cara vai te respeitar? Não vai mesmo!

Hum... Nem vou entrar no mérito dessa ideia primata de achar um absurdo transar na primeira noite, como se houvesse uma constituição do bom comportamento que nos ditasse uma cota mínima de encontros antes de rolar sexo. Isso pra mim tem nome: barganha. E eu não barganho com sentimentos ou desejos. Se eu quero e posso, eu vou. Se eu vou e não gosto, eu não volto. Normalmente, se eu não der na primeira noite, não dou nunca mais: só quero saber do que pode dar certo, não tenho tempo a perder. Meus amigos dizem que eu defendo o sexo na primeira noite: mentira. Eu defendo a liberdade de escolha, eu defendo a naturalidade, o que é espontâneo. Se for espontâneo transar no quinto encontro, beleza. Se for uma barganha mamãe-eu-quero-casar, eu cuspo em cima. Isto posto, voltemos ao tal do respeito.

Suponhamos que aquela moça admoestada pela amiga na praça de alimentação realmente não tenha se dado ao respeito, suponhamos que ela tenha rasgado todos os manuais, ultrapassado todos os limites, rastejado mais que Gregor Samsa. Neste caso, eu me pergunto: e o outro? Ninguém pensa no outro? Se você vai ser tratada com respeito apenas se você se der ao respeito, isso significa que o outro tem o caráter volúvel a ponto de tratar uma mulher como um verme ou como uma deusa, dependendo de como ela se comportar. Mas, que tipo de pessoa é essa?

Ao se relacionar com os outros, uma pessoa segue seus valores e sua educação ou ela trata os que se dão ao respeito com respeito e os que não se dão ao respeito com bucha e tudo? Aliás, alguém aí, por gentileza, poderia me dizer o que é se dar ao respeito, afinal?

Sim, eu estou furiosa!

Mentira. Estou magoada – e a fúria apenas me parece um bom disfarce.

Cão

Onze horas da manhã de um domingo, sol de rachar pedra e eu chumbada na cama. Como eu tiro esse cão do meu quarto? De cima do meu corpo? De dentro do meu peito? Acabei de mandar mais um e-mail para o Marcelo perguntando o que aconteceu: é o terceiro – e último, claro. Será que ele sofreu algum acidente e morreu? Ou está em coma? Eu preferiria que ele tivesse sofrido um acidente. Ou dois.

Por que, mais uma vez, eu tenho de arrancar a fórceps o ponto final da boca de um homem que não me quer? Pra que isso se um torpedo bastaria? Os tempos são chegados, e nesses tempos um torpedo é satisfação suficiente, sim. Não digo isso porque gostaria que Marcelo, ao menos, tivesse se dignado a me enviar algumas palavras esclarecedoras. O fato é que eu acredito que relacionamentos – desde que não muito longos – devem ser terminados com a maior brevidade e o menor contato possíveis. Pessoalmente, a dor é lancinante. Por telefone, é terrível. Por MSN, é desagradável. Por e-mail, é chata. Por torpedo, é risível, quase uma piada que você pode contar aos amigos. Mas nenhum sinal, não dizer nada, zero, é a agonia eterna. Homens, compreendam de uma vez por todas: é humano cravar o punhal!

Dar um fora é desagradável. Receber um fora é desagradabilíssimo. Até aí, estamos de acordo. Falta de consideração. É isso o que dizem a respeito de quem dá um fora por telefone, MSN ou e-mail: que falta de consideração! Ok. Mas por que tantos homens não tiveram, não têm e continuam não tendo essa falta de consideração para comigo? Seria o suficiente!

Olha só: se um rapaz chegou à conclusão de que não quer mais permanecer numa relação amorosa com, digamos, aquela moça ali, o que pode fazer com que ele mude de ideia? Nada. Ameaças podem amedrontá-lo, lágrimas podem comovê-lo, pedidos desesperados podem constrangê-lo, mas nada disso terá a capacidade de mudar seus sentimentos. Se ele se sentir intimidado, pode, a contragosto, ceder ao seu desejo de separação e esticar um pouco mais um relacionamento que já está agonizante – atitude perversa para ambos. Então, se basta que um dos dois não queira continuar para que o romance, em sua essência, esteja acabado, se o fim, portanto, se tornou inevitável, qual a utilidade, a verdadeira utilidade, de exigir que o fora seja dado olho no olho?

Constrangimento e vingança. Nesse momento, a tal moça quer forçar o rapaz a permanecer na relação, mesmo que essa não seja sua vontade; nessa hora, ela quer afastar a dor a qualquer preço. Caso o homem finque o pé e insista em acabar, aí entra a vingança. Cara a cara, ela tentará fazer com que ele se sinta mal o suficiente, culpado o suficiente, calhorda o suficiente para não dormir bem, pelo menos, aquela noite. Ela precisa impor a ele nem que seja um naco do sofrimento que a atinge. A tal consideração, o tal face a face, que se evoca ao terminar um namoro, esconde os desejos reais de quem está prestes a ser abandonado: em primeiro lugar, retardar o abandono com qualquer arma que esteja ao alcance e, se isso falhar, expor seu sofrimento como forma de vingança. Ah, fala a verdade: o amor não é mesmo lindo?

Por saber disso tudo, por compreender o pavor que os homens têm de escândalos, lágrimas e términos cara a cara é que eu escrevi ao Marcelo: me mande um e-mail, me mande um torpedo que seja, mas mande alguma coisa! Adiantou? Não!

Ah, eu queria encarnar Lilith, Iara, Medeia e todos os mitos femininos vingadores juntos. Ou eu poderia simplesmente encarnar uma índia wichita e usar minha vagina dentada para castrar Marcelo. Lorena Bobbit é coisa de mulher sem glamour, sem elegância, sem feminilidade. Se algo me incomoda, eu vou lá, corto e jogo fora: atitude claramente masculina. Pobre, pobre. Eu queria mesmo é ter uma mágica vagina dentada e não apenas arrancar o pau do Marcelo mas, sobretudo, guardá-lo dentro de mim e não devolver jamais.

Sabe o que ele merecia? Merecia ter se metido com uma dessas loucas, tipo Glenn Close no filme *Atração fatal,* que saem por aí matando coelhinhos a facadas. Ou então (já que nos lembramos da criatura) uma Lorena Bobbit que cortasse seu pau, o fatiasse bem fininho e fritasse como se fosse batata chips para os chimpanzés do zoológico comerem no lanche. Ou ainda uma loirinha do Tchan dos Capiocós do Judas que fosse correndo para algum programa de quinta categoria contar, com fotos inclusive, como ele a seduziu e a abandonou à própria sorte. Mas ele é um homem esperto, sabe com quem se mete, escolheu uma mulher com os pés no chão. Pés no chão e, agora, um maldito cachorro com patas imundas no pijama e dentes surreais gangrenando o peito.

Então tá. Eu vou ficar aqui, nessa cama, até que o cão que ele me mandou canse do meu cheiro, canse do meu jeito, canse do meu sangue, relaxe as presas e vá embora. Exatamente como ele fez. Tá combinado, eu aprendi a lição. Primeiro vem ele, depois o cão. Isso não é uma porcaria de poema pra rimar, mas eu não posso fazer nada. Eu não posso fazer mais absolutamente nada.

Instintivo

O corte. Comprei algumas facas novas ontem e, distraída, manuseando-as como se fossem as de fio gasto, acabei cortando o dedo ao descascar uma laranja. Corte fundo, fino, ardido. Até aí, nenhuma novidade. Antes, porém, que o filete de sangue me colorisse a pele, antes de soltar a faca afiada, antes mesmo de articular um gemido, eu, num átimo de instante, segurei o choro.

Então parei, me estarreci. Quando foi que engolir o choro se tornou parte do meu instinto, como contrair as pupilas diante da luz? Como isso pôde acontecer? Sim, porque para que algo faça parte das suas reações instintivas, sem qualquer condução do raciocínio, é preciso que você o tenha repetido à exaustão. Quantas foram as vezes em que eu quis rebentar de dor e me mantive impávida? O mais terrível é que eu aprendi a me manter impassível diante de mim mesma. Não havia ninguém na cozinha, nenhuma presença a me julgar, nenhuma criatura que me forçasse a manter as aparências: eu poderia berrar, zunir, espernear, no entanto apenas fingi que nada havia acontecido. Na teoria do Grito Primal, chamariam isso de *split*: você se desconecta dos sentimentos que causam dor – e cria, a partir desse momento, uma robusta e corada neurose. "Neurose consiste em ser quem não se é a fim de se conquistar o que não existe."

Quanto de dor um ser humano aguenta antes de enlouquecer – supondo que a loucura seja o último refúgio dos acuados? Quanto de mágoa se consegue empilhar num corpo? Me lembro da primeira vez em que segurei o choro por causa de um homem – é claro que não foi a primeira, mas ficou marcada na lembrança dessa forma. Marcus era um colega de cursinho cuja paquera rolava havia meses. Quando finalmente transamos, à tarde, na casa dele, meio às escondidas, ele me disse na porta do elevador: "Você sabe que foi só sexo, né? A gente precisava matar a vontade." Eu apertei minha mochila ao encontro do peito e respondi: "Claro." Quando a porta do elevador fechou, porém, senti os olhos umedecerem. Sacudi os cabelos e corri para o prédio da minha melhor amiga na época: "Adivinha? Acabei de transar com o Marcus, não é o máximo?" Não, não era o máximo. Era o mínimo, mas eu estava tentando me manter à tona.

Penso que se eu conseguisse chorar feito bebê quando leva susto, com a boca bem aberta e os pulmões bem inflados, talvez fosse menos árduo viver. Talvez eu fosse mais cortês no trânsito, mais calma nas filas de banco, mais paciente com a minha família se, a cada decepção, eu pudesse, sem lasca de censura, sentar no chão e abrir o berreiro.

Lembro que dois anos atrás, no trabalho, uma pilha de pastas se desequilibrou na estante e caiu sobre a minha cabeça. Umas quinze, vinte pastas lotadas de papel. Eu me protegi com os braços, não cheguei a me machucar. A cena, porém, foi tão cinematográfica – mais para pastelão do que para drama – que a redação toda veio me acudir. Então, amparada pela desculpa do susto, eu me permiti chorar bem uns dez minutos ali mesmo na minha baia. Mas até quando eu terei de ficar à mercê de um bom motivo?

O hábito de reter o choro, disfarçar a dor, colocar band-aid nas feridas, tem me conferido uma aparência de salubridade enquanto que por debaixo dos curativos meus talhos estão apodrecendo. E eu continuo segurando bilhetes na porta do teatro para um homem que não chega nunca, nunca, nunca.

Preciso fazer alguma coisa.

Orgia

É uma orgia de cores a pele dele. Não a de Deco, o tatuador a minha frente, ou melhor, não apenas a do tatuador a minha frente, mas a pele de um homem com quem estou saindo – embora essa orgia não seja a característica mais marcante dele. Você consegue imaginar um homem com os braços cobertos de tatuagens a partir dos punhos, e esse não ser seu traço mais marcante? O que mais ele poderia ter? Um olho no meio da testa? Uma cabeça de touro? Pés de bode? Não: nada de ciclopes, minotauros ou demônios. A coisa é mais interessante: 57 cm de braço. Para quem não sabe o que isso significa (como eu não sabia até conhecer Diogo), imagine o tamanho do braço do Schwarzennegger quando ele estava no auge da forma física. Imaginou? É maior.

Eu, uma mulher normal, mais para cheinha do que para magra, jamais imaginei que um cara megabombado pudesse se sentir atraído por mim. Supunha – e disse isso ao Diogo quando nos encontramos num café – que eles só se interessassem por mulheres saradas.

– Isso depende do gosto de cada um. Eu gosto de pegar em mulher, de pegar em textura feminina.

Enquanto dizia isso, Diogo limpava uns grãos de açúcar que haviam caído nas minhas coxas (eu tenho a mania de brincar com envelopes de açúcar até que eles se rasguem). Na verdade, ele estava passando as mãos descaradamente no que eu costumava chamar de gordura, banha, flacidez e agora, com orgulho, chamo de textura feminina!

Corri o risco de levar uma bofetada, mas perguntei:

– Você toma bomba?

Diogo nem se abalou.

– Ninguém fica desse tamanho sem tomar bomba.

Ah, eu adoro gente que confessa vícios, torpezas e práticas ilícitas sem se ruborizar!

– Eu acho que está perfeito. Dá uma olhada.

Era Deco, o tatuador, cortando meus devaneios para avisar que o decalque nas minhas costas estava pronto: era a primeira das 32 tatuagens que eu iria fazer. Se isso é um fechamento de ciclo, se os 32 anteriores não vingaram – e agora serão devidamente expulsos de dentro de mim – talvez Diogo se torne o definitivo, talvez ele não precise ser regurgitado para a superfície da pele nem esquecido a fórceps, talvez ele não se torne mais um arrependimento. Talvez.

Sem quilometragem, no hay banda

Por ser a primeira tatuagem, por ser especial, por marcar o início de um processo desconhecido pelo qual eu pretendo passar várias vezes, achei que ela só poderia se referir ao meu primeiro homem, afinal, tirar a virgindade de alguém com competência é tarefa difícil. O cara precisa gostar muito para topar a empreitada. E não me venham com essa história de que o instinto dá conta do recado: eu já fui virgem, já transei com dois caras virgens e, sinceramente, neguinho pode ter o instinto de um tigre siberiano: sem quilometragem, no hay banda, como meditaria David Lynch.

E Caio – essa abençoada criatura que teve a bondade de me desvirginar – tinha quilometragem pra caramba. Com mulheres, com homens, com travestis, patricinhas, marinheiros, prostitutas e cabritas. Eu o conheci numa das minhas descidas solitárias ao Guarujá. Estava na rodoviária e, antes de embarcar, pensei: "Tomara que nenhum chato sente ao meu lado." Porém, ao chegar à poltrona 16B, dei de cara com um loiro parrudo na 16A.

Naquela noite – não a noite em que nos conhecemos, mas três semanas depois –, a praia estava repleta de devotos do candomblé tocando atabaques e fazendo oferendas a algum orixá: era outubro ou novembro, não lembro bem. Os sons dos rituais invadiam o apartamento, a cortina branca navegava furiosa na ventania e eu me senti protagonizando uma cena de *Coração satânico*. E foi bom. Foi excepcionalmente bom para uma primeira vez – que, vamos combinar, costuma ser uma merda.

Eu e Caio namoramos firme por três meses, até que um dia, andando de mãos dadas pelo calçadão, eu vi nosso reflexo numa porta espelhada: ele era mais baixo do que eu! Como eu não havia percebido isso antes? Desapaixonei na hora. O fato de sua sexualidade ser mais plural que nós, vós e eles não me incomodava, mas Caio ser mais baixo do que eu... ah, isso foi demais. Eu era mesmo muito esquisita aos dezessete anos.

E chega de devaneios: eu estava num estúdio de tatuagem profissional, com hora marcada, e era preciso começar. Sentei na cadeira e abri bem os olhos, embora essa providência fosse inútil, já que eu estava de costas para Deco. Tive vontade de pedir a ele que abaixasse o som (uma mistura de rockabilly com black metal), mas supus que quem precisava estar confortável ali era o tatuador, não eu, então permaneci quieta.

Ouvi o barulho do motor. Senti a vaselina sendo espalhada na minha pele. E então, ele deu a primeira estocada.

Tatuagem queima como o inferno. A sensação que tive foi essa: várias queimaduras feitas com uma caneta em brasa. A dor, porém, é suportável – como a dor de perder a virgindade também é, desde que você realmente esteja a fim.

Fetiche moderno

Diogo, aquela orgia de cores e músculos, estendido no colchão, ensopado do suor pós-coito, me pergunta se eu tenho alguma fantasia sexual. Vejo seu rosto, que não possui nada de extraordinário, e desço os olhos pelo corpo, que possui todas as extraordinariedades possíveis. Você, penso em dizer. Transar com um cara muito musculoso era uma fantasia e transar com um cara bastante tatuado também: bingo, dois em um.

Achei que a pergunta era retórica, que não envolvia a obrigatoriedade de uma resposta, mas Diogo insistiu:

– Será que você já realizou todas as suas fantasias? Não sobrou nenhuma pra mim?

Na ausência de fantasias originais, comecei a pensar nas clássicas: transar com dois homens (essa ele não topava); transar no carro (simples demais); transar no elevador (perfeita para quem tem ejaculação precoce e esse não era o seu caso), transar numa praia deserta (e ficar com o útero cheio de areia) e... ah, que coisa ridícula!

A verdade é que eu não acredito em fantasias. O bom do sexo, para mim, é o que está nas minhas mãos, nas minhas reentrâncias todas, embrenhado nos meus sentidos, agora. Não há vela, incenso, peça de roupa, lugar, bebida ou droga que faça com que o homem ao meu lado fique mais ou menos excitante: a excitação está toda nele. Ou, seria melhor dizer, está toda em nós. Dois corpos (se for possível, duas almas também) e eu não preciso de mais nada. O que se convencionou chamar de fantasia é uma tentativa desesperada de conferir alguma graça a quem não tem mais graça alguma. E dá-lhe roupas de enfermeira, dá-lhe pompoarismo, dá-lhe Kama Sutra para apimentar uma relação que está mais choca do que ovo esquecido na geladeira. Numa dessas pesquisas que são feitas às pencas nos Estados Unidos, li que as mulheres sentem tesão quando veem seus homens praticando esportes e que os homens sentem tesão quando veem suas mulheres dando uma palestra. Taí, isso faz mais sentido do que ir a uma casa de swing para se excitar.

Quanto a Diogo, achei melhor desconversar:

– Assim, de repente, não vem nada à cabeça.

Dias depois, porém, assistindo a um programa de culinária na TV com um loirinho estilo pop star inglês, comecei a divagar sobre o quanto seria gostoso fazer um jantar com Diogo. Na cozinha, um ajudando o outro, aquela coisa de se esbarrar o tempo todo entre farinhas e temperos, colocar a travessa no forno e... isso me fez lembrar de um poema da Adélia Prado. "Há mulheres que dizem: meu marido, se quiser pescar, pesque, mas que limpe os peixes. Eu, não. A qualquer hora da noite me levanto, ajudo a escamar, abrir, retalhar e salgar. É tão bom, só a gente, sozinhos na cozinha, de vez em quando os cotovelos se esbarram, ele fala coisas como 'este foi difícil', 'prateou no ar dando rabanadas' e faz o gesto com a mão. O silêncio de quando nos vimos a primeira vez atravessa a cozinha como um rio profundo."

Oh, céus: eu havia montado uma fantasia! Meu fetiche não era transar com três caras vestida apenas com sapatinhos vermelhos, nem ser amarrada, mordida ou lambuzada com cera quente, não! Minha fantasia era apenas um jantar romântico.

Vai ver que é por isso que os chefs de cozinha viraram os novos pop stars. O que eles divulgam? A arte de cozinhar, não para si apenas, mas para a família, os amigos, os amores. Eles ensinam como manter uma mesa de cozinha agradavelmente cheia e um tacho fumegante no fogão. O produto que eles vendem, em última instância, é a intimidade. E o que se tornou tão desejado quanto raro nos dias de hoje? O que se tornou quase obsceno nas relações atuais? Senhoras e senhores, tenho o prazer de lhes apresentar o grande fetiche moderno: a intimidade.

Ultimato

Aniversário da minha sobrinha. Enquanto ela dança um rockzinho rastaquera, requebrando como uma limalha de ferro sob o comando de ímãs malucos, me lembrei de quando eu tinha a sua idade e dos laços incômodos que minha mãe prendia nos meus cabelos enquanto eu declamava poemas nas festas familiares – poemas que ela escolhia.

Certa noite, eu me posicionei diante de cerca de quarenta parentes, na maioria sexagenários (ao menos sexagenários para mim, cujos critérios infantis faziam com que qualquer pessoa acima de vinte anos fosse gagá), disse o título da poesia que era apenas "Pérola" e então... congelei. Minha mente se transformou numa Antártida sem exploradores: nenhum navio, nenhuma bandeira vermelha, nenhum GPS, nada. Entrei num túnel de terror no qual me esqueci dos dois grampos que beliscavam meu couro cabeludo, dos desconfortáveis sapatos de verniz preto, da preocupação com a prova de matemática no dia seguinte (em vez de estudar, me preocupar era tudo o que eu fazia antes de uma prova de matemática). À minha frente, um silêncio abissal e muitos pares de olhos arregalados.

O tempo é infinito em suas variações, eu sei. Ali, sem anestesia, fui apresentada aos segundos de maior duração em todo o relativo universo temporal: nada torna um instante mais longo do que a vergonha. Uma camada de suor gelado se estendeu do meu rosto até as mãos. Então, diante de uma menina aparvalhada e muda, uma palma espocou no canto da sala, depois outra e mais outra até que, num instante, todos batiam palmas, condoídos pela minha situação.

De nada adiantou correr para o banheiro mais próximo e chorar um rio de constrangimento. De nada adiantou ouvir mamãe dizer: "Imagina, você nunca esqueceu um poema antes, isso não vai acontecer de novo." De nada adiantou continuar chorando por três horas seguidas até que meus olhos parecessem duas uvas rubras. A partir daquela noite, eu me neguei terminantemente a servir de marionete nas festas familiares. Fácil compreender por que essas ocasiões me trazem um gosto rançoso à boca. Claro que eu já expliquei tudo isso a minha irmã, mesmo assim, faltar ao aniversário de qualquer uma das minhas sobrinhas seria equivalente a um camponês declarar guerra ao senhor feudal. Existem caixas de Pandora na minha família – e eu tenho o bom senso de mantê-las bem fechadas. Não discuto, compareço.

Tentando encontrar um canto onde me esconder, vi uma salinha aberta com quatro computadores voltados para o corredor. Três estavam tomados por pré-adolescentes (ou seja lá como se chamem essas criaturas bestiais). Entrei, sentei entre dois meninos-mortos-vivos, dei uma espiada e percebi que aquilo era uma lan house gratuita: fazia parte da festa. Claro, os pequenos monstros não podem ficar um segundo desconectados, seriam capazes de perder a identidade e esquecer o próprio nome sem seus perfis no Orkut e no MySpace. Só uma dúvida:

o motivo pelo qual as pessoas dão festas é confraternizar, reunir amigos, celebrar todos juntos, certo? Ah, sim: só pra saber.

De qualquer maneira, aquele computador seria minha salvação. Ali sentei e dali não pretendia sair até que a festa tivesse terminado. Hum... escrever... escrever um e-mail para o Diogo! Eu queria saber o que havia entre nós e, sobretudo, o que poderia haver. Sim, esta ameba que vos fala estava apaixonada. De novo. O fato é que eu sempre gostei de me apaixonar: de tornar os dias mais coloridos e as noites mais quentes, de fazer da saudade uma ponte furta-cor até o próximo encontro, de ter em quem pensar quando acordo e retirar disso um bom humor inquebrantável. Agora, mesmo tendo a possibilidade de sair com outros homens, eu não conseguia: naquele momento, queria só o Diogo. Por que ele também não poderia querer só a mim?

Ora, eu acredito piamente no valor dos ultimatos. Dizem que não se deve encostar um homem na parede, exigir que se decida, que se defina, que entre ou saia de vez. Dizem que essa é a maneira mais rápida de perdê-lo. Bem, mas se o cara se assusta com um ultimato e vai embora, ele não iria de qualquer maneira? O desconforto que um ultimato pode causar é compensado pelo esclarecimento da situação: se ele gosta da mulher, apesar das duas mil e quinze justificativas para não entrar num relacionamento, ele entrará. Talvez cambaleante a princípio, mas entrará. Já se ele não gosta dela ou se o afeto é parcial (julgando que exista algum afeto), se o desejo dele não suporta um contato com a realidade, então o ultimato fará cair por terra algo que desmoronaria cedo ou tarde –

e se fosse tarde a paixão estaria com o triplo do tamanho e causaria uma ferida triplamente maior. Que vantagem eu teria em continuar submersa no pântano da dúvida? Quem fica de molho é roupa suja! Sim, eu acredito em ultimatos.

Marcello Antony e a Cavaleira do Apocalipse

Já no estacionamento, eu a ouvia. Os quatro cavaleiros do Apocalipse são fichinha perto de gordas italianas no cabeleireiro, e ali estava uma em todo o seu esplendor: devia pesar uns cento e quarenta quilos, vestia um moleton ruço, camiseta tão ruça quanto, chinelos masculinos, fazia escova num cabelo longo e preto e gritava como uma feirante sendo roubada por meninos de rua. Quase dei meia-volta, mas à noite eu tinha um encontro e precisava, no mínimo, fazer as mãos e os pés.

Me sentei o mais longe possível da Cavaleira do Apocalipse, mas nem assim deixei de ouvir cada frase que ela cuspia como que num megafone:

– Eu e o meu marido estamos juntos há doze anos! Todo mundo diz que a gente é um casal referência, aquele que tá sempre juntinho, porque o resto, ih, o resto tá tudo separado! Mas eu e o Valter, a gente não se desgruda! Hahaha!

Quem ela pensa que engana? Eu sei muito bem que essa carapaça gordurosa não se adquire num casamento feliz. Ela odeia o Valter ou o Valter a odeia ou ambos.

Eu já estive aí onde ela está: gorda como um paquiderme, feia como uma aberração de circo, entregue como um frango morto, prestes a explodir como um zíper por demais exigido. Eu sei o quanto é fácil. A doença é manhosa – se você se esquecer dela, ela te engole aos bocados, como uma massa de mousse encorpando em torno de uma noz na panela. Muito fácil. Por que você acha que eu fiquei tão miseravelmente encantada pelo Diogo? Por causa dos seus belos olhos? Quá! O rosto dele me causava tamanha estranheza que uma noite, enquanto seu corpo imenso afundava na minha cama, eu tive um pesadelo. Sonhei que estava vendo o Jared Leto na TV e sentindo uma perda abissal, como se nunca mais, nunca mais mesmo, eu pudesse ficar com um cara com um rosto tão lindo quanto o do Jared Leto, como se eu estivesse eternamente obrigada a sugar algum encanto do poço seco que era o rosto do Diogo. Mesmo assim, eu passei por cima desse detalhe não tão ínfimo quanto parece (pelo menos não para mim) e me apaixonei por aquela orgia de cores e músculos.

Eu carrego a gorda horrenda que fui dentro de mim, e cada vez que o Diogo elogiava meu corpo, cada vez que eu experimentava o desejo com que ele enchia as mãos nos meus quadris, cada vez que ele me chamava de gostosa, eu afogava a gorda horrenda no tanque do seu abdômen.

Para mim, Diogo era uma espécie de Everest – e eu o escalei. Agora ele está perdido no mundo do "se eu fosse namorar alguém, juro que seria você". Meu ultimato expôs a polpa dos nossos encontros: debaixo da neve, nada.

Foi por isso que eu acabei saindo com o Marcello Antony. Quer dizer, não com o, mas com um. Meu Marcello Antony era a cara do verdadeiro Marcello Antony, o que explica a alcunha óbvia. Fora isso, era um publicitário típico: usava óculos esquisitos, gostava de samba de raiz e cheirava suas carreirinhas semanais em alguma festa muito cool. Fazer o quê? Era sábado à noite, eu não tinha nenhuma possibilidade à mão, estava chateada pelo fora que o Diogo havia me dado, queria soterrar aquela perda com algo quente, algo significativo, algo importante, porém, na falta disso, servia um tolo com a cara do Marcello Antony. Era melhor me esfregar numa pele nua de homem a estar sozinha me afogando num pote de sorvete Häaggen Dazs.

Dessa forma, o arrastei para a cama e, beijando-o, tentei manter sua boca fechada, mas ele falava mais que uma maricota interiorana. O único recurso que me sobrou foi acender a luz e ficar olhando para o rosto espetacular do Marcello Antony, me abstraindo completamente do conteúdo que saía pela sua boca. Nada pior do que um cara que fala das banalidades do cotidiano enquanto está em pleno e vigoroso exercício da sua masculinidade. Ele me fez lembrar Faye Dunaway em *Rede de intrigas*, numa cena em que ela transa com o William Holden sem parar um segundo de falar no trabalho.

Quando a coisa começou a ficar interessante, senti um membro antes intumescido ir diminuindo, diminuindo até adquirir a consistência de um comprido chumaço de algodão molhado. O pênis da criatura parecia ter se transformado num Tampax usado dentro de mim. E, para piorar a situação, ele se virou e começou a balançar o dito cujo, batendo-o suavemente contra a barriga na tentativa de fazê-lo acordar. Ah, não: ereção frapê num cara chato não dá. Se o gajo fosse legal, a gente ficaria batendo papo até a coisa esquentar de novo, mas aquele espécime masculino cacarejante? Me recuso. Não me venham com chorumelas: dá para suportar de um tudo nessa vida, menos um pau mole. Desconversei, fui pegar uma Coca gelada, nos vestimos e o meu Marcello Antony foi embora. Assim que ele saiu, corri até uma loja de conveniência e comprei um pote de sorvete de morango Häagen Dazs. Tintim, Cavaleira do Apocalipse.

Silêncio. Arrumei, bem devagar, toda a casa: comecei por uma limpeza geral no armário de remédios, me demorei separando frascos, cartelas e pomadas com a validade vencida, esvaziei o conteúdo dos vidros, separei o que iria para reciclagem. Depois arrumei minha cama, varri a sala, acertei os móveis e os quadros, lavei a louça. Sequei e dispus a louça no armário como um bicho preguiça minucioso. Pronto. Eram duas da tarde e não havia mais nada que eu pudesse fazer a não ser esperar. A angústia que corcoveava no meu peito nada tinha a ver com Diogo e sua tática Leão da Montanha: era o sonho, mais uma vez o fel do sonho que não se realiza. Era pelo sonho que eu sofria, é pelo sonho não realizado que eu sofro. Podia ser ele como qualquer outro homem, isso não faria a menor diferença.

Fuçar o Orkut de alguém que te pôs de lado é uma ideia tão odiosa quanto irresistível. Mais ainda: é imperioso. Naquela tarde, com tanto tempo livre (que desculpa esfarrapada), eu não resisti.

Por que diabos eu preciso cutucar o furúnculo até me afogar no pus? Para que ver a cara das mulheres que me suplantaram na cama do Diogo? Para que ler os depoimentos derramados que ele deixou nos perfis delas? Por que esfregar nas minhas fístulas fotos dele beijando uma loira-vulgar-bronzeada-peituda-rastaquera?

Ok, eu supunha que ele saía com outras – mas supor e ver são duas coisas estupidamente distintas. E eu estava tão satisfeita... Que fique registrado: é mentira essa história de que todo cara musculoso é brocha e burro. Bomba encolhe os testículos, mas não diminui a libido. E Diogo não só era inteligente, como espirituoso, sagaz, e... para equilibrar essa conta, roncava como uma porca em trabalho de parto: quanto mais grosso o pescoço, maior o ronco.

Puxa, como é horrível sair da roda! Vai tontololona-do-asilo, continua se torturando, vamos lá, mais um clique, leia um novo scrap, vá até o perfil da moça, leia o que ele escreveu para ela, por que não aproveita, mete um gancho na pele e se pendura no varal? Deixa escorrer seu sangue no chão como se você fosse uma vaca no matadouro, não seria ótimo? Aliás, você é uma vaca: uma vaca velha por quem o touro não se interessa mais. Sabia que o touro só transa uma vez com cada vaca? Mesmo que você besunte secreção vaginal de vaca nova na vaca velha, ele não a cobre.

Chega! Vou dar um basta no meu sofrimento agora! Orkut. Login. Amigos. Diogo. Editar. Apagar. Tem certeza de que deseja remover esta pessoa da sua lista de amigos? Ok! Par perfeito. Apelido. Senha. Prediletos. Remover perfil dos prediletos? Sim! Pronto, está feito: agora eu vou me sentir bem por uns três minutos.

Nessas horas eu penso em sair do Orkut e do MySpace, do Par Perfeito, do Romance Ideal, do Be2, do Metade Ideal, do Encontro Ideal, do Almas Gêmeas, do MSN, da puta que o pariu e do diabo a quatro. Mas como eu conseguiria alguém para me distrair da dor do Diogo (assim como Diogo me distraiu da dor do Marcelo e Marcelo me distraiu da dor do Plínio e Plínio me distraiu da dor de nem-me-lembro-quem-veio-antes) se não fosse pela internet? Não gosto de balada nem de barzinho, trabalho numa redação com outras onze mulheres, meus amigos homens são, em sua maioria, gays (e gays conhecem poucos e duvidosos héteros para apresentar). Então, eu vou fazer o quê? Esperar pelo destino? Se eu estivesse esperando por ele seria virgem até agora. Todos os meus homens foram laboriosamente capinados. Todas as criaturas que me proporcionaram algum deleite foram desenterradas da mais árida caatinga com minhas próprias unhas. Destino? Quá!

Solidão

Eu não vou ficar aqui discorrendo sobre a solidão romântica como se ela fosse uma tese de doutorado nem dizer que eu preciso me amar para nunca me sentir sozinha (se o Colin Farrell me amasse, também não seria nada mau). Da mesma forma, jamais direi que a falta que eu sinto do amor de um homem pode ser suprida pelo amor a Deus, a meus amigos ou meus animais de estimação. Isso seria a mesma coisa que afirmar "quando você tiver fome, tome um banho"!

Eu tenho náuseas quando alguém me diz: "Ora, por que você está triste? Você tem saúde: pode trabalhar, andar, ver, ouvir!" Sim, eu tenho saúde, eu caminho, enxergo, ouço – e o que isso tem a ver com a dor de levar um pé nos fundilhos? Posso chorar ou estou proibida pela patrulha do politicamente correto? Será que certos autores de livros de autoajuda vão me fuzilar num paredão por eu afirmar que não posso substituir uma necessidade por outra?

A pílula da felicidade que eles não cansam de nos vender não passa de um placebo. A necessidade de algo que transcenda a matéria não pode ser substituída por uma ida ao shopping (e vice-versa), da mesma forma que o fato de alguém ter saúde não aplaca a dor que se sente ao ter o coração partido em duzentos e vinte e cinco mil pedaços. Uma coisa é uma coisa, outra coisa é outra coisa.

Algumas pessoas apontam o trabalho voluntário como remédio para a solidão romântica, mas que ideia ridícula! E o olhar aliviado de uma pessoa com frio recebendo uma manta vai substituir o roçar sedutor da barba malfeita do homem que eu desejo?

Só existe uma coisa que pode aliviar minha solidão: um romance. Mas o que eu estou dizendo? Silêncio! Esconda essa lepra emocional, menina. Carência é lepra, sim. Daqui a pouco haverá bunkers nos arredores das grandes cidades nos quais os carentes serão depositados aos borbotões sob a alegação de que poderiam contaminar, com seus queixumes, os seres felizes do planeta. Carência fede. E não há nada, absolutamente nada que afaste mais um homem do que o cheiro nauseabundo de uma mulher carente. Sem perceber, sem desejar, sem nem mesmo conseguir evitar, você se transforma numa vira-lata ansiosa por um naco de osso velho e descarnado. E esse osso está na mão dele.

Muito além de Mogi das Cruzes

Todo mundo espera alguma coisa de um sábado à noite – mas as famélicas carentes fazem qualquer coisa, eu disse qualquer coisa, para que essa espera se transforme em alimento. Eu, por exemplo, cheguei ao cúmulo de marcar um encontro com um cara que eu não conhecia, às duas da manhã, na porta de um hospital, em Mogi das Cruzes.

– Ai!

– Não se mexa.

Deco trabalha rápido, mas eu ainda não me acostumei com a dor-ferro-em-brasa das tatuagens. Nem com a conjugação de imobilidade e dor. É preciso que eu me mantenha imóvel, controlando inclusive a respiração, pois o menor solavanco seria o bastante para que eu ganhasse um rabisco eterno fora do lugar. Ok, eu não me mexo. Nem gemo. Mal respiro. Mas pensar não é proibido, ainda. Um dia talvez descubram que as ondas deletérias do pensamento afetam as moléculas de tinta, obrigando os clientes a se manterem em profunda meditação, aquela do tipo que esvazia as mentes. Isso não daria certo comigo.

Quanto ao homem de Mogi, que eu não conhecia (conhecer apenas pela internet vale alguma coisa? Não, nem um níquel), existe uma explicação para que eu tivesse aceitado aquela sandice de um encontro às portas de um hospital às duas da manhã: eu não sabia chegar até a casa dele, que ficava perto do hospital; ele estava dando uma festa de despedida para um amigo que partiria para a Espanha ou para a Eslovênia, não me lembro; duas da manhã a despedida já teria terminado e a casa seria só nossa. Vamos lá, pergunta óbvia: por que não deixar para outro dia? O desespero a que um sábado à noite quente é capaz de induzir desconhece a palavra espera.

Enquanto desvendava o guia de ruas, liguei para ele a fim de confirmar o encontro. O celular tocou, tocou e caiu na caixa postal. Uma nova tentativa, e nada. Se eu tivesse ido sem ligar, estaria até agora plantada na porta de um pronto-socorro estranho (não que prontos-socorros conhecidos sejam mais agradáveis).

Tirei a maquiagem e, um tanto aliviada, fui dormir. Eu não conseguia dizer não para minha fome, mas quando o não vinha de um celular desligado eu era obrigada a aceitar. Duas semanas depois eu e o homem-Mogi transamos. Não foi numa maca entre fios de soro e ampolas de antibiótico, mas num motel perto de casa: carência e burrice têm limite. A experiência foi razoável, acrescida do desassossego de ver meu corpo esparramado na cama como uma arraia branca: eu odeio espelhos no teto.

Eu deveria tatuar uma cruz vermelha para lamentar a passagem do homem-Mogi, mas estou fazendo um desenho que representa até onde a ausência de raciocínio lógico conjugada a uma carência acachapante pode te levar. Ela pode te levar muito além de Mogi das Cruzes.

Isopor

Um dia decidi alcançar a outra margem do rio. Havia várias pedras em pontos estratégicos formando uma ponte perfeita: nada poderia dar errado.

Ao pisar na primeira pedra, porém, percebi que ela era feita de isopor e comecei a afundar. Poderia ter voltado à margem de onde parti, mas eu queria chegar do outro lado e, supondo que o próximo monturo fosse firme, já tomada pelo pânico do afogamento, dei um passo à frente. Acreditei estar segura, cheguei mesmo a me manter um ou dois minutos sobre a superfície antes de verificar que aquela pedra, embora mais firme, também era feita de isopor. Alcancei a terceira pedra que, incontinenti, começou a afundar, me forçando a procurar segurança na quarta pedra, que, desesperada, comprovei ser igualmente de isopor: eu precisava seguir viagem, como a filha de Ínaco, numa eterna corrida sem repouso.

Já passei da trigésima pedra e nenhuma delas sustentou meu peso o bastante para que eu, ao menos, descansasse o corpo moído. Aqui estou, ainda tentando atravessar o rio, ainda desejando chegar onde a terra é firme, o solo, fértil e a relva, macia. Mas minha ponte, ao contrário do que pensei no início da travessia, é de isopor.

Apolo de internet

Sim, estou surtando. Preciso entrar na fila da lobotomia antes que seja tarde. Castrem meus neurônios para que eu nunca mais saia de casa a fim de encontrar um Apolo de internet!

Esses caras são aqueles cujas fotos são tão desesperadoramente lindas que você pensa logo em truque ou em michê. Desconfiada, mas esperançosa de que tal criatura exista e te responda, você manda um e-mail. A criatura te adiciona no MSN, se mostra na webcam e você comprova: não há truque ou montagem, ele existe. E não te fez nenhuma proposta envolvendo grana. Pronto: você está perdida no grau irremediável.

Apolo disse oi, como vai, tudo bem e foi direto ao ponto: sexo-na-minha-casa-agora-venha. Sim, claro: se eu fosse uma fêmea-delivery, até perguntaria qual marca de camisinha eu deveria levar e se ele é alérgico a algum tipo de lubrificante. Incomodada, disse apenas que ele estava me tratando como uma moça de vida fácil e que isso não era muito lisonjeiro. Ele pediu desculpas e emendou: "Por acaso você tem alguma foto nua?"

Dias depois, o celular toca, número desconhecido: era uma voz grossa, firme, máscula, digna de um Apolo, me chamando para ir ao cinema. Bati os cascos no ar: iúpi! Meti um salto dez, uma saia-camiseta-casual, muito rímel à prova d'água e de outras secreções, e lá fui eu.

Ao vivo e em cores, pude comprovar que o cara era um Apolo mesmo: alto, moreno, cabelo liso meio comprido, boca carnuda, músculos no lugar e na quantidade certos. Pensei em fazer uma oferenda a Iemanjá por tamanho presente – ou deveria ser a Afrodite? Sei lá, mas que era preciso agradecer a alguma divindade, isso era.

No cinema, calor. Aquele cheiro de testosterona suada subindo pelas minhas narinas. E aquela perna encostada na minha. E aquela boca toda hora se aproximando perigosamente para comentar detalhes irrelevantes do filme. E aquelas mãos me passando uma bala, uma barra de cereal, um pouco de água com os dedos se demorando sobre minhas coxas, depois subindo doces pelos punhos até desaparecer num sopro de arranhão.

Ao sair do cinema, o convite para jantar. E eu praticamente amarrando o babador em volta do pescoço. Porém, à mesa do restaurante... as horas se consumiram em um detalhado depoimento de Apolo sobre sua interessantíssima pessoa. Ó, o quanto ele era bom de cama, o quanto ele fazia qualquer mulher gozar (e gozar muitas vezes), o quanto as mulheres se apaixonavam perdida e inutilmente por ele, o quanto seu MSN era concorrido, o quanto sua agenda era lotada, o quanto ele podia escolher a mulher que quisesse, como num açougue: altura, peso, raça, cabelos, peitos, bundas. Está certo que homens bonitos são tratados com mais condescendência, mas tudo tem limite: quando a palavra açougue foi mencionada, minha paciência acabou.

– Olha, os caras que me disseram que eram maravilhosos na cama, que o sexo para eles era um ritual, que nenhuma mulher ficava sem gozar, eram todos péssimos amantes. Todos, sem salvar um.

Ele, imperturbável, jogou os cabelos para trás e respondeu:

– É verdade. Os homens não sabem mesmo tocar uma mulher, principalmente os que se acham. Mas eu sou uma exceção: comigo mulher nenhuma fica sem gozar.

Enquanto eu balançava com fúria um saquinho de açúcar, Apolo entrelaçou os dedos atrás da nuca deixando à mostra os braços longos e fortes, as veias saltadas e uma cicatriz no antebraço esquerdo. Pisquei duas vezes com força para não olhá-lo com o ar aparvalhado.

– Então você acredita que o orgasmo feminino só depende do homem?

– Claro.

– Não concordo.

– Eu não estou falando em teoria: estou falando de prática, da minha prática. Todas gozam e gozam umas cinco vezes porque eu sei fazer isso acontecer. Os outros não sabem, eu sei.

A arrogância dele estava me dando nos nervos.

– Pois eu acho que uma boa parte delas fingiu pra te agradar.

– Fingiram, nada. Eu saco de longe mulher que finge.

O tempo gotejava como gelo no freezer enquanto Apolo despejava suas peripécias sobre mim. Como ele se vingava de uma mulher que o aborrecia por algum motivo? Ele transava com ela apenas uma vez: ficar sem ele depois de tê-lo provado era o maior castigo que ele poderia impingir a uma criatura. O monólogo seguia daí para baixo. Ele falando sem parar e eu fazendo uma força hercúlea para manter ao menos um sorriso amistoso na face. Demorou, mas, finalmente, fomos embora.

Voltei para casa enojada, praguejando no carro como uma bruxa a destilar furiosos sortilégios. Como ele pode ser tão sórdido? Como ele pode ser tão superficial? Como ele pode ser tão egoísta? Como ele pode ser tão vaidoso? Como ele pode ser tão arrogante? Como ele pode não ter me comido?

Cortiço subterrâneo

Parecia um mundo paralelo, mas era apenas um cortiço subterrâneo a uma quadra da minha casa. Eu e meus irmãos passamos a ficar muito tempo com a Valdirene depois que meu pai foi embora. Certa manhã, ela estava urrando de dor por causa dos seus olhos de peixe – como uma pessoa consegue ser empregada doméstica com mais de dez olhos de peixe nas solas dos pés foi algo que nunca consegui entender –, então tomou alguns litros de Tylenol, pegou a carteira e me arrastou para a rua.

Estava um dia ensolarado, eu contente por passear, mãozinha rechonchuda presa na dela. Paramos em frente à farmácia, aquela mesma em que tantas vezes eu ficara brincando de subir e descer da balança enquanto mamãe comprava xarope e dois pacotes de absorventes. Ao lado da porta de aço, havia outra, uma folha de madeira, que Val abriu sem impedimento algum. Pensei que ali fossem os fundos da farmácia, mas havia apenas um vestíbulo pelado, sem espelho, luz ou lixo. No canto esquerdo, uma escada descia até desaparecer na escuridão. O ar lá embaixo era pesado, úmido. Nos corredores, se alternavam ausências de reboco e manchas escuras dos mais variados tons. As portas dos muitos quartos, minúsculas, pareciam ter sido feitas para anões e algumas delas, entreabertas, me deixaram ver duas mulheres costurando e ouvindo rádio de pilha, um homem suarento dormindo com os três últimos botões da camisa estourados por uma pança descomunal, uma moça pintando as unhas dos pés e um velho com os braços inteiramente coloridos por tatuagens jogando xadrez com alguém cujo rosto não pude ver. Por fim, sob uma longínqua claraboia enegrecida, Val empurrou uma porta e, se abaixando um pouco, entrou no quarto. Lá dentro, como nos outros, nenhuma janela. Um cheiro forte de sabão em pó queimado saía do pente de ferro que uma moça passava no cabelo da outra. Val conversou com uma senhora corcunda, sentou-se na cama e, por uma hora, soltou grunhidos enquanto a corcunda cavoucava seus pés. Depois, cheia de esparadrapos, Val pagou, agradeceu e foi embora.

Eu estava achando o máximo aquela aventura folhetinesca, supunha ser a exploradora de catacumbas ou cavernas ancestrais. A descoberta de um mundo paralelo tão perto da minha casa era excitante. Quando saímos à rua, porém, o sol doeu nos meus olhos, o ar pareceu gelado e a sensação de amplitude me deixou zonza. Tive medo de voltar lá para baixo e entrei correndo na farmácia.

Agora que minhas costas estão se tornando um mural, me lembro daquele velho jogando xadrez com um ser sem rosto no cortiço subterrâneo. Talvez minhas tatuagens não sejam drenos: talvez eu esteja rasgando minha pele por não caber mais dentro dela, talvez eu precise de dor e tinta para trocá-la como uma cobra cansada, ou talvez eu apenas esteja, finalmente, percorrendo minhas próprias catacumbas.

Sinais

Perda de tempo interpretar os sinais masculinos, não existe nenhuma lógica neles. Esses sinais e seus significados mudam conforme a direção dos ventos – nem mesmo essa comparação é precisa, porque ventos obedecem a leis físicas, razoáveis, compreensíveis.

Diogo me convidou para conhecer sua mãe, e isso não quis dizer rigorosamente nada. Acho que ele apenas estava sem grana para o cinema e teve escrúpulos suficientes para não pedir que eu pagasse tudo, incluindo pipoca e estacionamento.

Clóvis me levou para dormir na casa dele, e isso também não quis dizer nada. Talvez ele sofresse de uma terrível insônia em lençóis estranhos e, em nome do sexo pela manhã (uma das modalidades eróticas mais estimulantes), resolveu me levar para o ninho dele.

Atender ao celular no viva-voz do carro, como fez o Jaime, não significa coisa alguma. Ele podia abortar ligações suspeitas ou a outra havia viajado para a Antártida a fim de colher amostras de gelo para a posteridade – ou será que a outra era eu?

Os amigos do Roberto sabiam meu nome, e daí? Se bobear, desde a estagiária que ele traçou no carro após uma festa da empresa até sua ex-mulher, a todas seus amigos podem conhecer pelo nome e, se bobear, até pelo sobrenome. Se houver duas ou mais Andréas, a menina pode ser conhecida pelo seu nome completo, não porque Roberto a ama, mas porque, além dela, existem a Andréa Pinheiro Lima, a Andréia Murtosa e a Andréia Mota Mello.

Mandar uma música romântica pelo e-mail e depois colocar em destaque no MSN um trecho dessa canção não significa nada. É provável que Rômulo tenha mandado a mesma música para dez mulheres e assim agradou a todas de uma vez.

Só tem uma coisa que, ao que tudo indica, parece ser um sinal de significado incontestável. Quando o homem fica te oferecendo tudo o que ele come, se faz questão de te inflar com mimos gordurosos, se ele olha meio sem graça para você e estende o Ovomaltine com cara de "tome, por favor, tome", seus dias estão contados. Ele não sabe o que fazer com você e, na falta de colhões para lhe dar o fora, te estende um pedaço de chocolate ou uma garfada de carpaccio. No filme *9 1/2 semanas de amor*, Mickey Rourke enche Kim Basinger de comida por pura safadeza e... antecipação do chá de sumiço. Ah, qualé! Um cara transar com uma mulher sem tirar o sobretudo é sinal de que ele não quer se desnudar na frente dela, nem estabelecer qualquer tipo de intimidade, não quer se entregar e... oh, não, estou interpretando os sinais de novo!

Frankenstein

Um tem imensos olhos cor de mel. O outro, olhos puxados. E o outro, olhos que mudam de cor. Um me diz muito respeito sexualmente. O outro, intelectualmente. E o outro, um pouco dos dois. Um exala um cheiro amadeirado por entre os pelos que me enlouquece. O outro me entretém horas a fio em conversas estimulantes antes do sexo meia-boca. E o outro me faz dar risada antes, durante e depois. E todos beijam bem. Pronto, preciso de mais alguma coisa?

Ora, já que não existe príncipe encantado, o negócio é montar o homem ideal usando o que se tem à mão: alguns conhecidos com disposições variadas. Verdade que dividir, na matemática, implica em diminuir – e talvez aqui também. Há tempos eu vivo múltiplas histórias com múltiplas pessoas, supondo reunir num caldeirão o suprassumo do meu prazer, quando, na verdade, ao recortar de alguém apenas uma lâmina do que me interessa, eu me recorto. E esta é uma tentativa desesperada de não enxergar o óbvio: eu estou sozinha.

Muito da graça de uma pessoa está nos seus defeitos, nas suas brincadeiras ridículas, no seu mau humor, nas coisas que ela não sabe, nos momentos de dúvida e medo, no seu jeito estabanado, no suor, no silêncio. E isso só vem à tona se eu aceitar o pacote inteiro. Claro que para isso acontecer, além da minha aceitação, é preciso que o pacote inteiro queira se revelar a mim, o que nem sempre acontece. E é nessa hora, a hora em que sou rejeitada, que reviro os olhinhos como uma demente em transe e digo: "Ah, tudo bem, eu pego um toco dali, outro toco acolá, e um amor integral não vai me fazer falta." De fato, esse arranjo pode funcionar durante um tempo – o tempo variável das esculturas de gelo, dos alfinetes na bainha, da espuma na banheira. O tempo em que eu suportar fatiar minhas próprias entranhas.

Loucura de estimação

– Vai ficar bonita essa, hem?

Deco jamais havia se manifestado quanto à beleza ou à feiura das imagens escolhidas por mim. Se ele achou por bem dizer apenas agora que essa tatuagem, em especial, é bonita, as outras catorze que já fiz devem parecer a ele titica de galinha. Enfim, quem tem que gostar das minhas tatuagens sou eu, não um cara que tem um diabo verde no pescoço, coisa que me remete a desinfetante de banheiro.

Hoje eu tatuo Ian, minha loucura de estimação, meu marco zero, meu ponto fraco. Sou capaz de me livrar do fascínio que qualquer homem exerça sobre mim, qualquer homem, menos Ian. Se ele me chamar, eu vou. Se eu estiver em outro país, eu vou. Se eu estiver em coma, eu vou. Falando assim, até parece que ele é uma rosa no meu quintal: nada disso. Ele é um carcinoma no meu olho.

Ian é um cara mesquinho. Transou comigo uma vez só e nunca mais. Pouco desejo? Ah, para com isso! Não vou chegar ao cúmulo de dizer aquela imbecilidade de que até sexo ruim é bom, mas, qualé, eu dou muito bem pro gasto, não seria tão terrível assim me comer novamente.

Ah, temos o detalhe do "quero namorar você". Pois é, eu digo isso pra todos. Mas não digo de forma leviana, não: quando digo, acredito. É mentira, mas na hora acredito piamente. Quando eles dizem não, eu sofro, me deprimo, choro, tudo de verdade – embora seja mentira. E Ian sempre foi uma mentira – que a minha vaidade quer.

Os homens são mesmo muito burros: a gente diz "quero namorar você", eles dizem "mas eu não", e o jogo acaba. Rapazes, compreendam: nós temos de falar em namoro, faz parte do script de uma boa moça, sobretudo de uma boa moça que dá na primeira noite como eu. Basta continuar a negociação e vocês verão como facilmente as mulheres se refestelam num outro acordo. Deixem de ser toscos e negociem. Nós queremos que vocês façam isso: assim não somos nós a estabelecer a sacanagem do sair-sem-compromisso, deu pra entender? Quanto a Ian, ele parou no "mas eu não quero namorar você", e até hoje se nega a mim como uma velha virgem. Verdade que negociar apenas me faria aceitar a porção menor: no caso dele, eu sempre quis mais.

– Essa letra que você escolheu tem que ser feita direto, senão fica um lixo. Aguenta aí porque eu não posso parar no meio.

Até que Deco não era de se jogar fora... mas tem um nome de mulher na perna direita grande o bastante para afastar até uma fêmea de pitbull, quanto mais a mim, que não sou chegada a disputas.

– Ai...

– Quieta!

Quieta? Virei um cachorro. Isso é que dá fazer várias tatuagens com o mesmo profissional, ele vai confundindo você com a mobília do estúdio, com a vaselina, com o vira-lata do bairro...

Meu celular está tocando: é Ian. Coincidência? Não. Há dois anos ele me liga quase todos os dias. Não me pergunte por quê, eu não tenho a mais remota ideia. Talvez ele goste de mim como amiga. Tem coisa mais patética do que isso? Se Ian tivesse um pingo de decência, das duas, uma: ou se dignava a me comer eventualmente, já que não quer me namorar, ou desaparecia do mapa. Mas como é que se exige decência de um cara mesquinho?

– Fala, querido!

Escorpião

Quatro anos, hoje faz quatro anos. Costuma estar calor neste dia, dez de novembro. São quase nove horas e eu me preparo para o ritual: sento na cadeira de palhinha branca, perto da janela, faço uma prece e leio um trecho de *O evangelho segundo o espiritismo* (o mesmo trecho que li, ao acaso, no primeiro dia: "Sede indulgentes, meus amigos, porque a indulgência atrai, acalma, corrige, enquanto o rigor desalenta, afasta e irrita"). Depois fico por dez ou quinze minutos no escuro, ou melhor, sob as luzes da cidade que se insinuam pelo vidro, em silêncio, recriando a gratidão que senti naquele dez de novembro.

Até os vinte e oito anos, eu estava lá: naquela casa enorme, só eu, mamãe e a cadela centenária. Meu pai foi embora, meus irmãos se casaram, minha tia se mudou para o interior, a empregada se mandou com seu teúdo e manteúdo, a outra cadela teve câncer e foi sacrificada. O tempo passando, a casa ficando cada vez maior, cada vez mais soturna e tumular, e eu comendo a comida de azinhavre da mamãe, usando a roupa lavada e passada com ferrugem pela mamãe, usufruindo de benesses pútridas e agindo como quem habita os Campos Elíseos.

Talvez eu continuasse lá – meio inconsciente das perdas, supervalorizando os ganhos – se não fosse o sonho. Aquele sonho. Eu sobre um palco, debaixo de um chuveiro que babava sangue, algo ao estilo de *Carrie, a estranha.*

À minha frente quatrocentas pessoas (não faço ideia do porquê deste número, acho que eu estava lendo Sade na época) e ao meu lado uma espécie de sacerdote, todo vestido de branco. Era uma celebração. Estávamos ali para comemorar o meu sacrifício: o sacerdote disse isso. Eu, sem me mover, naquela situação vexatória e ao mesmo tempo especial, apenas repetia: "Não, vocês não entenderam: eu estou ficando louca!"

E estava mesmo. A caçula, a boa menina, a que vai acompanhar sua mamãe até o leito de morte, a que se sacrifica, a que não cresce, a que não vai embora, a que sangra em silêncio, a que, ao mesmo tempo, é alvo da admiração de todos, a que é (ou julga ser) imprescindível, aquela cuja presença mantém os olhos da pobre e indefesa mamãe se abrindo a cada manhã, aquela cuja presença faz a cadela comer, a vida existir. Eu, peça fundamental, eu, oferecida em sacrifício, eu, admirada, eu, enlouquecendo.

Eu precisava ir embora, mas como? Teria de abandonar o papel de boa filha e assumir a vilã que vai morar sozinha, não porque foi levada por um homem, se casou e agora irá recriar um lar com filhinhos tão tolos quanto ela própria, não... eu teria de ser a bruxa que deseja ser livre, a malvada que quer ter homens na própria cama longe de proibições ou bênçãos. Como dizer isso?

– Mãe, eu quero morar sozinha, ter meu canto. Seria bom para você também sair dessa casa enorme, ir para um apartamento, com mais segurança, menos trabalho. Pense, mãe...

– Hum...

Enlouquecendo.

– Mãe, eu preciso ter meu canto. Preciso.

Foi então que minha mãe, para meu completo, absoluto, estrondoso espanto, disse:

– Filha, você sempre pôde ir embora.

O quê? Eu sempre pude ir embora? Eu não sou insubstituível? Não foi uma imposição externa eu ter me mantido imóvel por tanto tempo? Eu sempre... Diante daquela resposta, duas opções: desmoronar ou exultar. Exultei.

No dia seguinte comecei a procurar apartamento como quem procura o homem da sua vida: a cada novo endereço esperava sentir aquela certeza imediata, é aqui! Não houve certezas imediatas com os homens, mas houve com ele. Há quatro anos, exatamente às nove da noite, eu me mudei para este apartamento, meu apartamento, alugado, mas meu, absurda e preciosamente meu. Assim que pus os olhos nesta janela, eu soube: aqui era o meu lugar. E tem sido aqui desde então. Tudo tem sido aqui. Dez de novembro. Meu apartamento é de escorpião.

Surto

Um cara de tênis All Star vermelhos que te deixou esperando na porta do teatro sábado à noite e sumiu de vez, acrescido de um cara que te trocou por uma ou duas loiras-vulgares-bronzeadas-peitudas-rastaqueras, acrescido de outro que te provoca com suas supostas habilidades sexuais, mas não te pega, acrescido de um novo outro que te pega, mas, além de ser chato, é brocha: eis o ambiente propício para a proliferação do surto.

O surto faz você aceitar coisas que normalmente não aceitaria, procurar pessoas que normalmente não procuraria e transar com criaturas a quem normalmente você nem daria uma esmola. O surto faz você desencavar a agenda do ano passado, cogitar a suprema tortura de se enfiar numa balada e baixar a nota de corte de sete para três.

Uma vez infectada, você não para. Se estiver jantando com a opção três e a opção dois ligar, você dá um jeito de ir ao banheiro e retorna a ligação dizendo que está terminando um trabalho urgente, mas que amanhã estará disponível. A saliva da opção três nem secou no canto da sua boca, porém é impossível não engatilhar um novo encontro: alguns rolam dívidas, você rola fome. A fome de ter alguma afinidade e carinho pela opção do momento. Você não sente nada e tenta fugir atabalhoadamente dessa constatação. É preciso patrocinar o movimento, é preciso engatar a quinta marcha, é preciso deixar os motores superaquecidos: assim se mantém a ilusão de que alguma coisa macia, gratuita e gostosa está prestes a acontecer.

Apenas um remédio é capaz de curar o surto: a deusa aurora. Enquanto aquela noite não passar e a luz não te devolver à habitual sanidade, você não sossega. Eu, pelo menos, não sossego.

Eram cinco e meia e o surto estava a pleno vapor. Sol se pondo, ovulação, sexta-feira. Passei torpedos para as opções mais interessantes: dez minutos depois eu tinha três sinto-muito-não-dá-hoje e alguns silêncios. Fui para o MSN, desbloqueei duas malas-sem-alça e puxei conversa: ambos meio hesitantes – e eu detesto hesitação.

Saí do trabalho, fui para casa, resolvi desbloquear outros contatos e ficar online direto pra ver se algum milagre acontecia. Entrei em todos os sites de encontros – sou sócia de vários – e deixei as janelas abertas. Praticamente pendurei meu corpo num gancho virtual: quem der o primeiro lance, leva.

As horas, porém, escoaram e não apareceu ninguém. Não me restou alternativa a não ser dormir. Provavelmente, na noite seguinte, três caras do primeiro time me chamarão para sair e eu pensarei: "Oh, Lady Murphy, vá para o inferno!"

Pus o pijama, escovei os dentes, lavei bem o rosto. Me aproximei do espelho, sob a luz fria: sinais de sol, manchas, sardas, minúsculas rugas. O modo com que o sexo oposto me tratou, e me trata ainda, deixou marcas: 32 marcas, sessenta e quatro marcas, noventa e seis marcas. Aquele menino que fingia que iria me tirar para dançar e dava meia-volta para morrer de rir com os amigos está aqui no meu rosto; aquele rapaz que, numa festa de Ano-Novo, me rejeitou acintosamente antes que eu tropeçasse num degrau e caísse de joelhos na frente dele também está aqui no meu rosto; aquele outro que me disse "já volto" e me deixou esperando em vão até a casa noturna fechar está aqui no meu rosto; todos os homens que não me quiseram e outros que me quiseram por um breve período estão, cada um, estampados no meu rosto. Nada passa. Como cicatrizes de ferro em brasa, eles todos estão aqui. Tatuados à minha revelia.

Menas-é-mais

Corre pelos banheiros femininos a lenda de que os caras mais rústicos, broncos, toscos são, de longe, os melhores na cama. Deve ser por isso que as mulheres perdem a cabeça pelos nativos de Trancoso, Pipa ou Porto de Galinhas. Mas pra que ir tão longe se há rústicos aqui mesmo para fazer o teste?

Foi por isso que passei pela fase menas-é-mais, na qual você sai com caras que falam errado, mas transam certo – sobretudo, transam mais certo do que os outros: pelo menos é isso o que a lenda urbana apregoa.

A fim de fazer uma pesquisa séria, baseada em fatos reais, colhi na internet, em perfis que continham erros crassos de português, três gentis cobaias: um mecânico moreno de olhos azuis que parecia ter saído da novela das oito e não tinha a menor noção da sua beleza; um engenheiro cabeludo que parecia ter saído de uma caverna ibérica e não tinha a menor noção da sua beleza; e um vendedor de roupas mulato de olhos verdes que parecia ter saído do *C.S.I. Las Vegas* e não tinha a menor noção da sua beleza.

Claro que essa minha incursão não foi sistematizada ou seguida em ordem: ao longo dos anos, quando um espécime se encaixava no perfil menas-é-mais, eu o degustava com objetivos, digamos, antropológicos. Não lambi nativos, o que foi bom para a imparcialidade da pesquisa:

num ambiente estranho, não demora muito para que você comece a chamar urubu de meu louro. Os critérios de seleção que usamos na cidade se modificam quando saímos dela, afinal, o que é mais importante numa praia: um cara com um corpo escultural e uma habilidade espantosa para permanecer em pé sobre as ondas usando apenas uma tábua de poliuretano ou um cara charmoso, que fala todos os esses, sabe conversar sobre Platão e te acompanha ao teatro nas noites de sexta? Nosso gosto se transforma, dependendo das circunstâncias exteriores. Se você estiver há dez dias num spa, vai achar que os homens com mais de cento e vinte quilos nem são tão gordos assim e, em pouco tempo, correrá o risco de se ver nadando num mar lúbrico muito além da fofura. Se você for para a praia, se demorando num estado de pouca roupa, cores fortes e águas de coco, se sentirá atraída por quem sobressai nesse contexto: pescadores, surfistas, guias de turismo, nativos, vagabundos endinheirados ou apenas caras que não têm nada a ver com você, mas cujos corpos desfilam maravilhosamente bem sobre as areias quentes.

Quanto à minha pesquisa, a dei por encerrada quando uma camisinha estourou com um desses espécimes e eu passei pelo horror, horror, horror de talvez estar grávida de um cara que não tinha rigorosamente nada a ver comigo. A pílula do dia seguinte (que não é abortiva: se você já estiver grávida, dançou) só seria posta no mercado um ano depois, e aquelas duzentas e oitenta e oito horas entre a camisinha estourar e a minha menstruação descer foram de uma agonia excruciante (isso sem contar mais alguns meses, até zerar todos os exames de saúde). Eu me crucifiquei de cabeça para baixo: pensei no quanto eu malbaratava meu corpo, que eu deveria transar só quando estivesse com alguém que valesse a pena, que meu filho teria de conviver com uma avó que provavelmente falaria "seje feliz, meu bem", que minha vida iria virar de cabeça para baixo, que talvez eu tivesse também pegado uma doença, que um filho não deveria ser gerado daquela maneira e que a culpa era toda minha etc. etc. etc.

Foi nesse período que eu tive minha primeira e única crise histérica. Passei duas horas no chão do banheiro querendo crer que era um misto de queda de pressão e nervoso. Que nada: era histeria mesmo, daquelas que Freud estudava, de corcovear o corpo e retorcer as mãos. Dá um cansaço, uma moleza, uma vontade de dormir, depois que uma crise dessas passa... Enfim, eu prefiro relaxar em Águas de São Pedro, em Caldas Novas, em Lindoia a ter de passar por aquilo de novo.

No fim das contas, concluí que as mulheres que piram com nativos e toscos em geral devem fazer isso por conta da aventura, do rompimento de padrões, do mergulho no proibido. Se bobear, elas é que estavam numa temperatura mais alta que a usual, não eles. No que me concerne, essa história de caras rústicos serem melhores na cama é pura lenda – até porque a falta de um bom papo entre os gemidos compromete um bocado a qualidade da coisa (pelo menos para mim, compromete).

Em matéria de sexo, não existe garantia. Aliás, garantia é um luxo que nem as princesas têm, quanto mais as plebeias.

A história sem fim

Graças a uma guerra de manipulação emocional com minha mãe, consegui que ela me levasse três vezes ao cinema para assistir a *A história sem fim*. Mais tarde, adolescente, aluguei o mesmo vídeo umas cem vezes. E ontem, no supermercado, fuçando a cesta de promoções de DVDs, qual filme eu encontro? *The Neverending Story*.

Sou contra trazer para o presente qualquer coisa que um dia nos tenha sido importante: o mais provável é que, após o longo afastamento, o reencontro deixe na boca nada além de um gosto de chá de losna. Mas, como sou a primeira a quebrar minhas regras – e quebrá-las apaixonadamente –, peguei um guaraná gelado e liguei o DVD.

Com exceção dos efeitos especiais – os bonecos são claramente bonecos –, o filme continua tão bom quanto na minha infância – e eu continuo apaixonada por Atreyu. O fato dele ter treze anos no filme e eu 32 na vida real não é impedimento: sonhos servem para isso mesmo. Além do mais, eu nunca vi um menino com jeito tão másculo quanto Noah Hathaway. *Come sit right down, lay your head on my shoulder, it's not the point that I'm forty years older.* Minha porção pedófila se agita ao vê-lo em cena. E aquele cabelo, Madre Santíssima, o que é aquilo? Meninos até os treze anos, antes da testosterona explodir, costumam ter cabelos lindíssimos. Uma vez adultos, porém, seus fios espigam, ressecam, enrugam e caem – com exceção aos de Ian e Johnny Deep. Fui procurar no Google como Noah está agora: encontrei um tatuado loiro mais velho do que eu, cujos cabelos e pele precisam urgentemente de uma hidratação. Opa: chá de losna. Voltemos ao filme.

Um menino que acabou de perder a mãe e é constantemente humilhado pelos colegas de escola se fecha num porão para ler um livro especial. Nesse livro, os habitantes de Fantasia estão fugindo do Nada que avança célere destruindo o reino e deixando a imperatriz à beira da morte. A única salvação de todas as tribos é o menino Atreyu. Depois de mil peripécias, ele descobre a solução: uma criança humana precisa dar um novo nome à Imperatriz. Quando a destruição é iminente, o menino-leitor percebe que sempre fez parte daquela história e que é ele quem deve salvar Fantasia (o Nada se alimenta do ceticismo, da incapacidade de sonhar cada vez maior dos homens). O menino-leitor dá, então, à Imperatriz o nome de sua mãe. Na última cena, montado num dragão, ele voa sobre Fantasia, absolutamente restaurada e vigorosa, e entra com dragão e tudo na vida real para dar o troco aos seus colegas malvados. Falando assim parece uma besteira, mas não é. E, de alguma forma, eu sou o menino-leitor: eu me livro dos meus algozes apenas em Fantasia.

Quando estou me exercitando na esteira, costumo transformar em prazer experiências que me humilharam. Minha chefe é transferida para o Iraque; Marcelo me espera na porta do teatro; minha prima esnobe se apaixona por um militante do MST; Diogo, horrorizado com a chatice das loiras-peitudas, volta morrendo de saudade; ganho uma grana extra e vou para a Austrália estudar inglês; Ian, numa noite de chuva morna, se mostra super a fim de transar comigo: fantasia. E dessa forma, viver se torna um pouco menos insuportável. A verdade, porém, é que o Nada venceu essa guerra faz muito, muito tempo – e eu apenas finjo que nada sei.

Vamos abrir a roda, enlarguecer

Já que minhas tatuagens não seguem uma ordem cronológica, do número vinte e dois fui para o seis, que nenhum impacto teve sobre minha vida, a não ser me proporcionar algumas situações embaraçosas.

Vamos a uma lista dos micos a que fui submetida por essa criatura. Primeiro, com uma semana de namoro, ele me deu um ursinho. E eu lá sou criança pra gostar de urso de pelúcia? Eu quero é homem na minha cama, meu filho, não bichos felpudos inanimados!

Dias depois, ele disse que tinha uma surpresa para mim. Eu esperava um teatro ou uma praia, contudo ele me levou a uma reunião da Amway. Mais tarde, a surpresa continuou num sítio em que acontecia um churrasco com membros da Amway – e moscas, rodas de pagode e espécimes humanos espalhafatosos dando barrigadas na piscina. Finalmente, quando eu já havia deixado claro que não entraria em nenhum grupo piramidal, ele me deu uma caixa com produtos da Amway.

Quando as férias haviam terminado, a criatura me convidou para ir a uma sessão no seu centro espírita. Ora, eu também sou espírita, vamos lá: finalmente alguma coisa em comum!

Estranhei quando ele apareceu em casa para me pegar todo vestido de branco, mas preferi supor que fosse apenas coincidência. Após rodarmos uma hora e meia pelos bairros mais improváveis, chegamos a um galpão de zinco. Até aí, tudo certo. Ao entrar, porém, vi um busto de alguma entidade que me era desconhecida e, ao lado, uma escultura que pretendia ser o rosto de Allan Kardec, mas que, na verdade, parecia o doutor Phibes.

Meu namorado me deixou num comprido banco de madeira, disse que iria trabalhar e desapareceu na pequena e única sala de alvenaria do recinto. Aos poucos, o salão foi se enchendo. Após um sino retinir três vezes e um cheiro de incenso doce demais se emaranhar nos meus cabelos, começaram a rezar a Ave Maria em voz alta. Um velho me cutucou e disse: "Descruza as pernas, fiota." Quis argumentar, mas, com medo de ter a boca lavada com sangue de galinha preta, apenas obedeci. Seguiu-se o Pai Nosso, também em voz alta, e uma música que, para mim, se assemelhava a mantras tibetanos entoados por um elefante ou por um Tarzan rouco, tanto faz. Então, todos começaram a se levantar. O velho-fiota me cutucou de novo, dessa vez para mandar que eu ficasse descalça, tirasse anéis, brincos, relógio e entrasse na fila. Eu não tinha a menor ideia do que me aconteceria: aquela religião parecia um samba do crioulo doido. Enfim, obedeci às orientações do velho-fiota e, após quinze minutos, pude entrar na tal sala.

Havia um círculo formado por dez ou doze pessoas de branco (incluindo meu namorado), todas descalças e com crucifixos imensos no peito. A roda se abriu para que eu entrasse. Foi inevitável lembrar da Sarajane cantando: "Vamos abrir a roda, enlarguecer. Tá ficando apertadinha, por favor, abre a rodinha, por favor..." Segurei o riso. Tomada pelo espírito de Sarajane, me tornei o núcleo do átomo ritualístico. Eles estenderam as mãos sobre mim por alguns minutos no que eu suponho ter sido um passe magnético, e assim deu-se por encerrada a sessão da rodinha.

Respeito a qualquer religião é fundamental, mesmo àquele arremedo híbrido, por isso me mantive calada enquanto voltávamos para casa. Mas, por dentro, eu estava furiosa. Como ele podia chamar aquilo de centro espírita? É um contrassenso ter aquele busto de Kardec-Phibes lá e nenhum livro, nenhuma sessão de estudo. Além disso, dar doces para as crianças da favela no dia de São Cosme e São Damião não é exatamente o que eu chamaria de sustentar uma obra de caridade.

O carro parou em frente à minha casa, com motor e faróis ligados.

– Ué, nós não vamos ao motel?

– Eu não posso nos dias de trabalho.

Ah, Senhor.

– Tá, mas o trabalho já acabou. Agora pode, certo?

– Não, não é permitido.

– Por quê? Eu sou sua namorada, você não está indo para uma orgia.

– A gente não questiona as entidades.

– Meu caro, é fundamental questionar as entidades! Ou você acha que espíritos sérios vão ficar patrulhando a ereção dos outros, hem?

Pedi a ele que esperasse um instante. Entrei em casa e, após dois minutos, desci trazendo a sacola da Amway intacta e o ursinho de pelúcia. Dei o fora na criatura, não sem antes rodar a baiana, a cubana, a caribenha e a Sarajane. Vamos abrir a roda!

Camaleoa

Ser um camaleão pode soar como uma virtude, mas em mim é traço de desespero. Me descasquei de toda dignidade: quero apenas matar minha fome. Se o homem gosta de crianças, eu as adoro; se ele as acha insuportáveis, eu não as quero por perto; se ele ama fazer trilhas, eu já estou com a mochila nas costas; se ele é caseiro, eu compro um cobertor; se ele gosta de filmes violentos, eu sou fã número um do Tarantino, se ele se delicia com ópera, estou vestida de Papagena; se ele é cético, eu duvido até da minha existência; se ele é budista, eu medito com o raiar do sol.

Vergonha? Eu já passei do ponto da vergonha, ou melhor, eu nunca sequer cheguei a ele. Quando você faz algo patético e consegue se envergonhar, ainda resta uma possibilidade de redenção. No entanto, apesar da absoluta consciência do patético da coisa, eu nunca me envergonhei. Se alguém tem fome e vasculha o lixo até encontrar raspas e restos que o mantenham vivo, deveria se envergonhar? Pois que outra coisa estou fazendo ao me transformar numa descarada camaleoa a não ser tentar me manter viva? Eu quero apenas matar minha fome, já disse.

Talvez, através dos métodos que uso para me alimentar, eu aproveite para ser várias – e todas verdadeiras. Sim, às vezes eu gosto de crianças e às vezes as detesto, às vezes eu quero ficar em contato com natureza, às vezes quero me enterrar debaixo do cobertor, às vezes quero

Bruce Willis, às vezes Mozart, às vezes discordo de todas as religiões institucionalizadas, às vezes necessito de algo que transcenda e me pacifique. Eu apenas escolho com quem mostro tal ou qual faceta. Eu dou a César o que é de César e a Deus o que é de Deus. Conforme as circunstâncias, é claro.

Carne trêmula

Vinho? Quero, obrigada. Sabe que cheguei a sentir falta de ar agora? Lembrei de um pesadelo que eu tinha quando criança: sonhava que um assassino estava no andar de cima da minha casa e eu em pé, sozinha, na sala. E o assassino jogava pela escada, um após outro, os corpos de minha mãe e meus irmãos, todos mortos à faca. Eu apenas os via, petrificada de medo, caírem retalhados uns sobre os outros. O fato de os pesadelos serem assustadores, justamente porque são a representação mais óbvia e menos metafórica dos nossos desejos inconscientes, me fez pensar um bocado. Com cinco anos, eu decidi morar sozinha na praça do bairro, coloquei minhas roupinhas numa gaveta e saí pela porta da frente: mamãe me pegou pelos cabelos e me deu uma surra para eu deixar de ser atrevida. Desde criança, portanto, eu já queria independência e, ao sentir o espaço claustrofóbico no qual as emoções da minha família chafurdavam, eu desejava, no fundo, que todos morressem para que eu ficasse livre. Por isso essa aula me deu falta de ar. Nossa, já tocaram o sino?

Adoro os cursos da Casa do Saber, como este sobre Freud e a interpretação dos sonhos. Mas é claro que nem tudo é perfeito: esse espaço de cultura (caríssimo para o meu bolso, diga-se de passagem) é frequentado por zilhões de mulheres lindíssimas e um ou outro homem, normalmente casado ou gay. No máximo, sobram os monitores das aulas: alguns deles são gatinhos de vinte anos (e, portanto, solteiros) que assessoram os professores e devem ser assediados até o ponto do fastio. Devem, não: são. Veja o Henrique. A cada aula, as mulheres se derretiam por ele: "O resumo que você mandou pelo e-mail estava tão benfeito, Henrique!" Talvez por eu ser uma das poucas que não davam em cima dele, Henrique passou a me olhar com um sorriso súplice, a cada investida que lhe lançavam. Conforme o curso chegava ao fim, as cantadas se tornavam mais desesperadas e nossa comunicação não-verbal mais curiosa, com levantadas de sobrancelhas, bufadas e olhos voltados para o céu. Eu, a testemunha silenciosa, lhe devolvia uma mímica facial que poderia ser traduzida como "pois é, vida dura essa de gatinho".

– Você não percebeu que eu não tirava os olhos de você? – Henrique me perguntou enquanto recolhia as camisinhas do chão.

Não, eu não havia percebido. Não percebi nada de especial quando ele me chamou para ir ao cinema. Nem percebi nada quando fomos jantar e ele me contou, forçando os joelhos contra os meus, que muito em breve iria morar na Hungria. Também não percebi nada quando ele sugeriu que, na semana seguinte, nós víssemos um filme no meu apartamento. Só desconfiei que talvez Henrique estivesse a fim de mim quando abri a porta de casa, peguei a garrafa de vinho das suas mãos e disse:

– Então, que filme você trouxe?

E ele, com um sorriso prestes a escapar, respondeu:

– *Carne trêmula*, do Almodóvar.

Método

Chega um momento em que você já conheceu tantos caras pela internet que, sem perceber, acaba criando um método. Eu, por exemplo, tenho especial cuidado com alguns itens. Primeiro, as fotos. Se em todas o cara estiver de boné, ele é careca. Se estiver de óculos escuros, tem olhos saltados ou papuças medonhas debaixo deles. Se não estiver abraçado aos amigos, se parecer estar um passo a frente deles, não me iludo: é fracote e está tentando se fazer corpulento. Se as fotos parecem antigas ou desfocadas, caio fora. Alguém que não consegue tirar uma foto decente ou não tem paciência para colocá-la na internet merece o meu tempo? Não. E alguém que só posta fotos de quando tinha dez quilos ou dez anos a menos? Por Deus! Reparo também nas roupas, no estilo do cabelo, nos detalhes ao redor. Se o fundo for uma grade sem pintura ou uma laje, tô fora; se for um Porsche ou uma Harley, tô fora também: extremos não me agradam. Ausência de sorriso não é um impedimento absoluto, mas um alerta considerável: ele pode ser dentuço, ter a gengiva saltada ou os dentes curtos demais.

Passada a prova da foto, vem o perfil. Erros de português só foram aceitos na fase menas-é-mais. Além de vetar esses erros, veto também aqueles que não sabem montar uma frase que faça sentido: os analfabetos funcionais.

Depois de selecionar uns vinte caras minimamente interessantes, eu mando e-mails a eles. Uma parte responde, uma parte ignora e outra parte responde para depois ignorar. Dessa forma, os vinte acabam virando mais ou menos sete. A partir daí, se instala ou uma longa série de conversas e trocas de fotos pelo MSN ou então apenas uma conversa lamentável, depois da qual o gajo vai para o limbo dos bloqueios. Dos sete, restam três. Isso está parecendo *O caso dos dez negrinhos*.

Confesso, porém, que a cada novo "oi, tudo bem?" no MSN, eu gostaria de expelir um longo suspiro e escrever: "Escuta aqui, rapaz, eu tô cansada. Se você tá a fim de viver no virtual, seduza um iPod e me deixa em paz. Eu quero pele, músculos e feromônios masculinos. Se a gente encaixar, se repita, seja plural. Quem sabe role mais do que um samba e você acabe sendo o homem da minha vida? Portanto, não me faça perder tempo – um tempo que eu não tenho – e me mostre logo o que você pode me dar." Pois é: isso é o que o meu futuro do pretérito gostaria de escrever. No entanto, apenas seleciono um emoticon sorridente e digito: "Tudo bem, sim, e você?"

Após horas e horas tentando parecer simpática, tentando parecer inteligente, tentando parecer sedutora, finalmente eles me chamam para tomar um café ou ir ao cinema. Dos três homens, um não irá me querer ou eu não irei querê-lo, outro ficará instantaneamente a fim de mim – e esse instantâneo terá validade de doze horas: se ultrapassar o pernoite, ele vira abóbora – e, por fim, o último será um elemento surpresa: pode não ser nada, pode ser alguma coisa ou pode ser tudo. O problema se dá quando ele parece ser tudo, como Cássio.

Cássio e os pés

Noite de terça, feriado na quarta, pra variar aquele calor senegalês, minhas tatuagens, após três dias suando tinta por camisolas e lençóis, estão coçando (cicatrizando seria o termo correto) e eu sem paciência para me pendurar no MSN. Foi então que me lembrei do Cássio, um cara cujo encontro eu adiava havia meses, por termos conversado apenas através de dois ou três e-mails. Puxa, quem hoje em dia não usa o MSN? Ele. Era um risco, um tiro no escuro, mas eu não tinha nada a perder. O convidei para um café às nove da noite na esquina de casa: se ele fosse interessante, estaríamos perto.

– Posso te dar um beijo?

Fazia quase três horas que bordávamos uma conversa estranha para quem havia acabado de se conhecer, cheia de reflexões dolorosas: uma espécie de biografia em três chopes. Cássio veio com a mãe para o Brasil antes de completar dois anos, apesar disso fala algumas frases em sueco, o suficiente para pronunciar o nome impronunciável da sua cidade natal: Sävsjö. Mas Cássio não era um loiro-magrelo, ao contrário, a pele morena e os olhos ligeiramente puxados apontavam para algum lugar abaixo da linha do Equador. Sua origem, na verdade, parece um romance político: os pais chilenos que viviam com coquetel molotov na mochila aportaram na Suécia fugindo da ditadura. Quando sua mãe descobriu que seu pai costurava para fora com uma nativa-loira-magrela, arrumou as trouxas e se mandou para o Brasil, onde moravam alguns parentes. Hoje Cássio é ignorado em grande estilo: pelo pai e por dois meio-irmãos suecos.

Num silêncio mais longo, a pergunta espocou:

– Posso te dar um beijo?

Quando Cássio tirou metade da camisa e encostou a pele nua em mim, eu percebi: aquela química que raramente acontece entre dois corpos estava ali. Por uma questão magnética, apenas um colapso orgânico me faria parar de transar com Cássio. E fez: quatro horas depois, câimbras. Pausa. Conversávamos bobagens quando Cássio começou a fazer aquilo: não... não enrosque seus pés nos meus, ainda mais assim, planta com planta, como se fizéssemos isso desde tempos imemoriais.

Pés. Ao lado da cama de casal, perto do meu pai, ficava meu berço. Perto o bastante para que ele, enquanto assistia à TV preta e branca, enfiasse um dos pés por entre as grades e me deixasse brincar com ele. Minhas gengivas coçavam e eu mordia seus dedos para me aliviar. Mais tarde, quando meus dentes já haviam nascido, ele, de vez em quando, soltava um "ai!", mas nunca tirava o pé de mim. Aquele pé foi minha boneca, meu mordedor, minha chupeta, meu travesseiro, meu pai. Antes que eu tirasse as fraldas, ele foi embora.

De manhã, Cássio pegou seu molho de chaves e perguntou se eu queria ir ao cinema mais tarde. Eu não tinha certeza se queria, mas disse que sim. Fechei a porta da frente, voltei para o quarto e fiquei um longo tempo observando o caminho que o sol percorria: um feixe largo de luz descia pela parede, depois ia se estreitando até desaparecer no criado-mudo. Eram oito e meia da manhã. Só então, adormeci.

Bola de pelos

Cássio disse que iria ligar às sete para a gente combinar o cinema – e ligou. Disse que viria me pegar às nove – e veio. Disse que não iria subir porque estava cansado, mas que no sábado passaria em casa – e passou. Disse que iria viajar a trabalho, mas me ligaria de lá – e ligou. Disse que voltaria na outra semana – e voltou.

A cada pequena promessa cumprida, natural e tranquilamente cumprida, uma bola de pelos ia se avolumando na minha garganta. Sempre fui destemida emocionalmente, gostava de me apaixonar, o que estava acontecendo comigo?

Cássio se cobre de qualquer jeito com meu roupão e vai fumar na varanda. O cheiro do cigarro não me incomoda, mas o frio, sim. Sempre gostei da sensação de ninho que os homens altos me proporcionam durante um abraço, mas não basta ser alto: é preciso que minha cabeça se encaixe no côncavo do pescoço dele, que meus braços não sobrem nas suas costas e que os braços dele se acomodem perfeitamente nos meus quadris. É preciso falar as bobagens certas, fazer os carinhos certos, ter a postura máscula certa. E Cássio fazia tudo, tudo certo.

Naquela sexta, ele chegou com olheiras quase roxas, conversou um pouco, me beijou um pouco e então pediu para tirar um cochilo. Eu disse "sim, claro" e me deitei ao seu lado. Cássio me abraçava dormindo e, de vez em quando, encaixava melhor suas pernas nas minhas. Meu celular começou a tocar. Estiquei o braço o quanto pude, fazendo força para manter a posição em que ele se acomodara. Olhei no visor: era Ian. Assustada, interrompi o toque. Depois desliguei o celular. Pronto: se ele me ligasse de novo, Cássio não ouviria.

Mas para que eu estava me contorcendo naquele malabarismo? Qual o problema em atender Ian? Qual o problema em atender qualquer outro cara que me ligasse? Não posso mais falar com ninguém, nem ver ninguém, nem beijar ninguém a não ser o senhor Cássio? E por que eu estava na cama, sem sono, às nove da noite? Mas que diabos!

– Cássio, acorda. Vai, acorda. Escuta aqui: é melhor você dormir na sua casa. Eu quero transar, não dormir! Nós não temos um namoro de dez anos pra você fazer isso: ir chegando, ir deitando, ir dormindo – e ainda me arrastar pra cama às nove da noite! Por favor, vai dormir na sua casa.

Cássio, aparvalhado de sono e atônito, ficou me olhando alguns segundos. Então, pegou suas coisas e, sem dizer palavra, foi embora. Melhor assim.

Não eram os mesmos lençóis

– Ian, por favor, transa comigo? É serio: você é minha opção número um, e eu preciso de você hoje!

O celular chiava: carros, motos, buzinas, vendedores de pamonha. Apertei com força o aparelho ao encontro do ouvido.

– Taí um pedido que ninguém nunca me fez.

– Mas eu tô fazendo. Transa comigo, por favor: é um caso de necessidade extrema!

– Tá.

– Tá o quê?

– Transo.

– Sério?

– É, ué.

Eu, boquiaberta: Ian vai transar comigo pela segunda sacrossanta vez, assim, fácil? Eu me torci mais do que toalha molhada para que isso acontecesse e nem um beijo bêbado consegui! Jantei com ele umas dez vezes, fui ao cinema umas cinquenta, chamei pra ver filme em casa umas cem e agora o Belo Adormecido acorda? Há algo errado nessa história. Faz dois anos que Ian se nega a mim e dois anos que eu tento dragar seu corpo, sua alma, seus fósseis, e nada. Já o pedi em namoro, já dei escândalo, já chorei, gritei, briguei, cortei relações, voltei, mandei e-mails exagerados, pedi desculpas. E agora, ele topa transar comigo como quem responde a um memorando?

Depois de ter tido tantas oportunidades legais para fazer isso? Mas que desgraçado!

Ou talvez ele tenha resolvido, finalmente, me dar um prêmio pela minha devoção e insistência. Seja lá o que for, eu não deixo nem chuva passar, quanto mais homem. Quanto mais Ian, meu precioso! Os lençóis não eram os mesmos em que Cássio dormiu no dia anterior: eu tive o cuidado e a deferência de trocá-los. Não eram os mesmos lençóis. Não eram.

À noite, Ian se demorou observando uma das fotos no meu criado-mudo. A proporção de luz e sombra, o ângulo, o abandono das minhas mãos. Um fotógrafo profissional? Sim, foi.

Me aproximei. Colei meu nariz no dele e fiquei ali sem saber se ia ou voltava. Mas Ian decidiu por mim.

– Eu não tenho certeza se é uma boa ideia a gente transar. Da última vez, você ficou apaixonada, foi aquele drama todo e... foi péssimo.

Dei um passo para trás. Ele deu outro.

– A situação não é mais a mesma, Ian. Você não tá com tesão, nem um pouco?

– Não.

Cruzei as mãos nas costas e as pousei sobre as nádegas; dei mais um passo para trás.

– Ok, vamos pra sala.

O que eu poderia fazer? A tortura continuou: eu, claramente rejeitada, tendo de aguentar a provocação da sua cabeça deitada no meu ombro, do cheiro dos seus cabelos subindo, enquanto ele fazia brincadeiras com um sorrisinho infantil de pin-up. Espero que Ian nunca sofra um acidente, fique cheio de sequelas e precise de mim para trocar suas fraldas. Espero que ele não termine seus dias num asilo fétido ao lado da minha casa. Espero que ele não perca seu emprego, amigos e família e vá morar debaixo do viaduto sob o qual meu carro passa todos os dias. É bom que Ian nunca precise de mim para nada – porque eu adoraria vê-lo faminto e lhe negar uma côdea de pão, vê-lo dormir ao relento e jogar um balde de água gelada no seu cobertor, vê-lo cheio de fístulas infeccionadas e dizer: "Eu poderia lhe passar uma pomada, mas lembra daquela noite em que você também poderia ter transado comigo? Lembra?"

Os selvagens da noite

Estavam todos na sala, todos os 32 e mais alguns homens da nova leva – aqueles que ficaram para o próximo balancete, quando eu fizer 64. *Will you still need me? Will you still feed me? When I'm sixty-four.* Pra que me lembrei dessa música?

Amarrados com as mãos para trás, amordaçados, dispostos num semicírculo: todos eles. Um bandido me arrasta até o centro desse semicírculo e me joga no chão. Eu uso um vestido branco, comprido, de um tecido bem leve, e sangro profusamente na área genital. Estou fraca demais para permanecer em pé ou mesmo sentada. E ali, como Laura Dern em *Império dos sonhos*, eu agonizo. O pior é que eu gosto.

Boca seca, tento acender a luz, me atrapalho, o abajur cai, medo, apanho o controle da TV, clico, luz, alívio, um pouco.

Pesadelos: representações mais óbvias e menos metafóricas dos nossos desejos inconscientes. O que eu quero, então? Imobilizar todos os homens que tive? Não dar voz a nenhum deles? Quero me imolar como uma mártir maculada até os ossos? Me sinto uma pecadora ou o quê? Por Deus, qualquer um que tenha ido a uma micareta, a uma rave ou a uma balada GLS sabe que eu sou praticamente uma santa. Mas por que todos eles? Por que as mordaças? Por que sangue? Chega: não quero mais pensar nisso.

Zapeio cinquenta canais para a frente, cem canais para trás, paro. *The Warriors: Os selvagens da noite*. Aleluia, irmão, Deus recompensa os aflitos: um dos meus filmes prediletos!

Na tela, Swan, o líder de uma gangue que é perseguida por um crime que não cometeu, entra num vagão de metrô acompanhado da sua quase-namorada Mercy. Eles estão exaustos, sujos. Dois casais burgueses entram no vagão, se sentam e conversam animadamente, até que uma das mulheres nota a presença da dupla a sua frente. Os burgueses se cutucam, silenciam, olham para os dois entre medo e pena. Mercy se envergonha da sua aparência, levanta uma das mãos para ajeitar o cabelo, porém Swan, encarando os burgueses, interrompe o gesto de Mercy, segurando seu braço para delicadamente o devolver ao colo, como quem diz "não há nada do que se envergonhar". Mercy fecha os olhos, o trem para, os burgueses saem. Que cena! A autoridade com que Swan abaixa o braço de Mercy num misto de ternura, proteção, honra, poder... caramba, o cara parece um rei!

Ao sair do metrô, Swan pega no chão um pequeno buquê de flores brancas que os burgueses deixaram cair e o estende a Mercy. Ela o olha e diz:

– Eeê, que porcaria é essa, hem?

Swan, que o filme todo tenta se afastar dela, demonstra alguma doçura, afinal.

– Ah, sei lá, achei que o troço é bonitinho, resolvi dar pra você.

Uns dez minutos depois, o filme termina, sem beijo apaixonado, sem mocinho pedindo mocinha em casamento, até porque o roteiro não girava em torno disso. No entanto, o envolvimento de Swan e Mercy foi uma daquelas histórias que me marcaram quando criança. Por quê? Claro, o filme é excelente, mas por que aos onze anos de idade eu me encantei com uma história que não tem nada de conto de fadas? Mercy é a vadia de outra gangue, uma mulher que dá pra todo mundo sem cobrar. Swan é o líder de uma gangue mais forte que precisa cruzar aquele território. O confronto é inevitável. Na confusão, Mercy podia permanecer onde estava ou seguir Swan. Ela o segue. Foge da polícia, rouba, se arma com garrafa quebrada, bate em marmanjo e, assim, o ajuda a chegar ao seu destino. Amanhece, ambos olham para o mar e falam sobre talvez viajar para longe dali. Pensando bem, essa história é um conto de fadas!

Desligo a TV. Não quero o sal revelador do pesadelo: prefiro sonhar com Swan.

Intensa

Na busca por um namorado, eu ouço dos meus amigos sempre os mesmos conselhos. Sou capaz de repeti-los palavra por palavra, tantas as vezes em que eles foram martelados na minha cachola: "Você é muito intensa! Não pode dar na primeira noite, não pode falar o que sente e quer, não pode ser direta desse jeito... Só quando você desencanar dessa ideia de encontrar alguém é que a coisa vai rolar."

Diante de tal ladainha, minhas respostas não variam:

1. Ser intenso é um traço de personalidade. Se eu fingir que não sou intensa, quem conquistará o homem que me interessa será uma personagem, não eu. E quando eu me mostrar de fato – coisa que cedo ou tarde acontecerá – qual não será o susto desse homem ao topar com um cavalo selvagem sob a tempestade em vez do pônei no jardim da Scarlett O'Hara, com o qual eu o seduzi?

2. Se eu estiver a fim – de sexo, de me enganar, de amar alguém –, eu vou transar na primeira noite. Se um cara me julgar pela velocidade com a qual eu tirar minhas roupas, está na cara: não vai dar certo.

3. Quanto a desencanar de encontrar alguém, bem, então vou terminar meus dias sozinha, porque acho uma sacanagem dos deuses alguma coisa boa só rolar quando a gente já sofreu tanto, mas tanto, mas tanto que chegou ao ponto de desistir.

Eu me recuso a acreditar numa maneira certa e outra errada de se procurar um namorado. Se as pessoas não são iguais, por que a procura romântica deve obedecer a um padrão?

Eu conheci um homem – apenas um em toda a minha vida – que, no espaço de algumas horas, despejou o seguinte discurso no meu colo: "Eu sei logo de cara se quero ou não ficar com alguém. Quero ficar com você. Não só hoje – e não ouse achar que eu estou blefando só para te levar para a cama. Eu quero namorar." Enquanto eu o ouvia, pensei: "Esse cara é tão doido quanto eu." Mas, hoje, sei que ele não é doido. Esse homem foi apenas ele mesmo: direto e intenso. Seu nome era Fábio. Era não, é.

Deficiente orgásmica

Na noite em que conheci Fábio, eu não o trouxe para casa. Apesar do beijo encaixar e dele ser um cara obviamente bonito, o fechamento da revista me aguardava no dia seguinte e todas as pontas soltas seriam cobradas pela minha chefe, além, é claro, da visita adorável daquela espuminha branca que se acumula na comissura dos seus lábios sempre que ela fica nervosa – e fechamentos a deixam particularmente nervosa. Mas isso não é *O diabo veste Prada*, e eu me recuso a perder tempo falando mal da minha amantíssima superior hierárquica.

Após um dia vem outro e cedo ou tarde chega o final de semana. Em pé, ainda ao lado da porta, Fábio, enquanto me beijava, levantou a camiseta dele, levantou a minha e nossas peles se encostaram: pausa, pausa, pausa. Aquele momento foi um divisor de águas na minha vida. A potência dez do efeito pele-febre-loucura me era totalmente desconhecida. Me senti o próprio Jean-Baptiste Grenouille tentando sorver, sugar, engolir o cheiro daquele homem. O que era aquilo? Em nome de Deus, que alguém me explicasse que diabo era aquilo!

Mas agora é que entra o ponto-chave. Eu nunca havia conseguido gozar durante o ato sexual, sempre fazia isso com um vibrador clitoridiano, após o cara ter chegado lá. Claro que antes de ir para a cama eu explicava isso, até porque fingir nunca foi o meu forte.

Mesmo tendo achado uma solução bastante prazerosa para a minha, digamos, deficiência, eu me sentia diminuída como mulher por não alcançar a coisa de forma natural. Qualé, minhas amigas ou são umas mentirosas ou gozam até com chacoalhar de motor de ônibus! As histórias que eu ouço delas provocariam inveja até na Sue Johanson. Isso sem contar a nova estética orgásmica mundial: se você comprar tal sorvete, terá um prazer inenarrável; se tomar tal refrigerante, sairá por aí como um vulcão; se usar tal perfume, será uma amante irresistível. E as cantoras, então? Se não forem megaorgásmicas, não existem. Os genéricos de Madonna estão por toda parte: até a Nelly Furtado e a Christina Aguilera, que ao vivo são umas frangas minúsculas, se transformaram em gostosas-popozudas-rebolantes. E as realmente gostosas-popozudas-rebolantes, como a Shakira ou a Beyoncé, extrapolaram de uma tal maneira que parecem possuídas por mil demônios convulsos. Aquilo nem é mais sensualidade: são aliens tentando sair pela barriga delas. Onde estaria Ella Fitzgerald nesse mundo? Cantando em churrascarias e olhe lá. Sobra algum espaço para uma mulher que não seja naturalmente multiorgástica? Que não goze assim que o Justin Timberlake a joga sobre a mesa?

Fábio me segurou quando estiquei a mão para apanhar meu aparelhinho de deficiente orgásmica: "Agora, não... depois você pega." Eu não estava pedindo permissão a ele para pegar meu vibrador, mas qualquer sombra de atrito entre nós era imediatamente dissolvida pelo cheiro do seu suor. Então, consenti em deixar o vibrador para mais tarde. Em menos de um segundo, porém, eu já havia me esquecido dele. E de tanto esquecer, de tanto esquecer, de tanto esquecer... aos trinta anos de idade, pela primeira vez na vida, bang, meu primeiro orgasmo-com-homem-dentro! Me lembrei do desenho da Bela Adormecida da Disney, quando Malévola se transforma num dragão gigantesco: uau! Todas as crianças torcendo para o príncipe e eu imaginando a sensação de poder daquela bruxa ao explodir seu corpo num dragão trezentas vezes maior do que qualquer outro personagem da história e certamente trezentas mil vezes mais cheio de vida!

Fiquei olhando atônita para Fábio: não sabia se soltava fogos comemorativos, se chorava de prazer ou se o engarrafava para exportação e ficava milionária. No entanto, bem nessa hora, ele repetiu o que já havia dito quando nos conhecemos e que eu não levei a sério:

– Eu não tô a fim só de ficar com você: quero namorar. Ficar é coisa de moleque.

Fábio podia me pedir qualquer coisa! Quebrar com pinça as pirâmides do Egito? Sim! Ficar um mês morando no estômago de uma baleia? Sim! Namorar? Sim! Eu deveria erguer um monumento em honra a esse homem – e é quase isso que eu estou fazendo agora.

– Aeeê: essa tattoo é bem grande! Tá ficando corajosa, é?

Não, Deco, coragem não tem nada a ver com isso. É que a estadia de Fábio em minha vida merece uma marca bem vistosa, nesse caso, não como um dreno de dor, mas como uma homenagem. Nunca houve uma mulher como Gilda e nunca houve um homem como Fábio.

Nosso namoro ia de vento em popa: mesmo com um trabalho insano numa indústria farmacêutica, mesmo com os pais em polvorosa por causa da filha grávida aos dezesseis anos, mesmo com a irmã grávida de dezesseis anos hospedada na sua casa a fim de fugir da ira temporária dos pais, mesmo com o joelho detonado no futebol precisando de uma cirurgia, mesmo com as aulas de francês, ainda assim, eu e Fábio nos víamos dia sim, dia não.

Uma ideia, porém, começou a me perseguir – e a perseguição degenerou em tormento: será que eu só conseguia gozar com ele? De um lado, eu supunha ser aquilo fruto de uma maturidade sexual que eu havia atingido e que o parceiro em questão importava, claro, mas não como um fator determinante. De outro, eu tinha medo de que entre três bilhões de homens no mundo, só Fábio fosse capaz de me excitar o bastante, o que me tornaria uma semideficiente-orgásmica. A solução era óbvia: eu precisava transar com outros caras.

Se Fábio tivesse aceitado se transformar num ficante apenas, eu jamais o teria deixado. Mas ele fazia questão de ser o único, de ser o namorado, de ter exclusividade – e ele tinha razão, ele se valorizava. Por conta da minha proposta indecente, quando terminamos, ele cortou relações comigo. Uma pena. Um homem daqueles era para toda vida – uma mulher como eu é que, talvez, não seja.

Pin-up, Lady Macbeth, palhaça sinistra, borrão, piromaníaca, voyeur, torturadora

Nunca soube muito bem o limite, quando deixava de ser atraente e se tornava bizarro. Eu me maquio muito bem, realmente muito bem. Desde os meus treze, catorze anos, eu pegava escondido a maquiagem da minha mãe, me trancava no banheiro estrategicamente durante a novela das oito e começava a me maquiar. Primeiro, compunha um visual primaveril de pin-up. Depois, ia delineando um visual cada vez mais rubro, mais denso, mais negro, até aparecer uma Lady Macbeth do teatro. Dali eu partia para sobrancelhas mais grossas, mais altas, contorno de boca cada vez mais amplo, surgia uma Cruela Cruel, surgia um Coringa e, por fim, uma palhaça sinistra. Nessa hora, eu juntava as mãos, esfregava o rosto vigorosamente por alguns segundos e estancava na frente do espelho: um borrão.

Hoje, pós-trinta, prezo pela integridade da minha pele: não a esfrego a não ser em condições extremas, não uso maquiagem pesada a não ser em condições extremas e não me esfalfo num homem com barba por fazer a não ser em condições extremas.

Há outras coisas que eu não faço mais: todos os anos, antes de trinta e um de dezembro, eu montava uma fogueira na esquina de casa para queimar cadernos, agendas, notas, bilhetes usados durante o ano; eu também costumava, todas as noites, prender um vaga-lume – havia vários no meu quintal – dentro do bule de chá e ficar, egoisticamente, observando sua luz; pelo menos uma vez por semana eu arrancava as pernas e antenas das formigas com uma pinça e depois colocava três carcaças dentro do pão com manteiga: elas tinham sabor de gominhos de limão.

Pin-up, Lady Macbeth, palhaça sinistra, borrão, piromaníaca, voyeur, torturadora. Pensando bem, dezenas de tatuagens são detalhes nada esdrúxulos e até insignificantes na minha biografia.

Menino no lago

Uma das raras lembranças que eu trago do jardim de infância (ah, que nome lírico) é a historinha do menino e do lobo. Todo dia, após o lanche, a professora contava histórias com fundo moral, enquanto a maioria da classe acariciava seus paninhos e chupava o dedo – inclusive eu. Depois de um ano, algumas dessas histórias haviam sido repetidas à exaustão, mas eu não me importava: crianças adoram um repeteco.

O menino e o lobo. Eis que o tal menino estava brincando no lago quando teve a péssima ideia de pregar uma peça num lenhador que trabalhava ali perto: "Um lobo, acuda, alguém me ajude, um lobo furioso, socorro!" O lenhador passou a mão em seu machado e correu para salvar a criança. Chegando ao lago, porém, deu com o menino às gargalhadas. Irritado, o lenhador disse: "Não faça isso, moleque! Um dia você pode sofrer um ataque real e eu não vou acreditar nos seus gritos!" O menino deu de ombros e repetiu a brincadeira no dia seguinte, no seguinte e no seguinte. A cada vez, o lenhador, antes de pegar o machado, se perguntava: "Deve ser brincadeira, mas... e se não for?" O menino ia se divertindo a valer com a credulidade do lenhador, até que um dia um lobo de verdade, feroz, faminto, se aproximou do lago. O menino pôs-se a gritar e gritou, gritou até o último segundo, enquanto os dentes do lobo se cravavam na sua carne tenra. O lenhador, ao ouvir os gritos de sempre, apenas pensou: "Chega dessa palhaçada: não acredito mais nesse moleque."

E aqui estou eu às voltas com um menino no lago. Vamos sair? – disse o rapaz, novo nome na lista. Sim, respondi. E, no dia marcado, as horas se arrastaram, escoaram, se esvaíram e... nada dele: nenhum telefonema, e-mail, torpedo. Tentei saber o que houve. "Ah, surgiu um imprevisto, não deu para ir." Na semana seguinte, combinamos outro encontro. Um novo imprevisto, porém, aconteceu e ele – adivinhe? – não me avisou. Uma semana depois, mais precisamente hoje, do lodo em que os amantes irresponsáveis chafurdam, o gajo me manda um torpedo com convite para ir ao cinema. Respondi que estava com outro (mentira) e que lhe desejava boa sorte (mentira também). Pois ele teve a cara de pau de mandar resposta: "Sacanagem." Se eu pudesse incutir alguma noção de civilidade romântica naquela cachola canhestra, eu apenas diria: "Não sou sacana, meu caro: eu sou o lenhador. E você... você não passa de um menino."

Vapor barato

Oh, sim, eu estou tão cansado, mas não pra dizer que eu não acredito mais em você. Ian e eu estamos voltando de Santo André, depois de assistirmos à *Flauta mágica*, regida pelo meu primo. Gostei, foi uma apresentação bonita, embora meu gosto por óperas seja limitado a *Carmen* e *Don Giovanni*. Não sei por que Ian topou me acompanhar, talvez ele seja tão estranho quanto esse passeio. Enfim, é tarde, rádio ligado, estamos quietos.

Uma das características de Ian é o matraquear ininterrupto – seguramente insuportável para algumas pessoas, não para mim. Não há ideia que ele não refute com veemência ou não abrace entusiasmado, não há comentário, por mais ínfimo, que ele não aproveite para emendar um trocadilho gracioso ou imbecil. Sim, Ian também diz imbecilidades, faz piadas sem graça e imitações apenas risíveis. Eu não sou menos falante, portanto é raro o silêncio que agora experimentamos.

Vou descendo por todas as ruas e vou tomar aquele velho navio. Estamos presos num congestionamento que parece eterno. Talvez uma carreta tenha tombado dois quilômetros à frente, talvez esta garoa que gela até os ossos dos cães e uma carreta tombada cheia de pacotes de sabão em pó tenham transformado a estrada numa intenção de bolhas prestes a estourar. Meu pé esquerdo, de tanto acionar a embreagem, dói. Eu acho tão lindos, tão lindos os cabelos de Ian... Às vezes, quando ele se vira, tenho a impressão de estar assistindo a uma propaganda de shampoo: os fios, num balé, traçam desenhos em sincronia perfeita, depois, voltam ao lugar onde estavam. Se eu fosse os cabelos de Ian, saberia para onde voltar.

Ando tão à flor da pele que o meu desejo se confunde com a vontade de não ser, ando tão à flor da pele que a minha pele tem o fogo do juízo final. Eu não sei para onde estou indo: apenas aumento o som e olho para frente. É o que posso fazer: aumentar o som e olhar para frente. O matraquear de Ian cumpre um papel, por certo importante para ele: eu não sei quase nada sobre sua vida e, para ser sincera, nem quero. O principal eu sei: ele me rejeita. Me rejeita quase tão bem quanto eu.

Um barco sem porto, sem rumo, sem vela, cavalo sem sela. Será que Cássio me perdoaria por eu tê-lo acordado e posto para fora de casa sem motivo – ao menos, sem um motivo justo? Se eu pedisse, se eu pedisse sinceramente desculpas, será que ele as aceitaria? Será que eu poderia me redimir? Não. Para que mexer num vespeiro? Desejar Ian é mais seguro: eu sei exatamente onde isso não vai dar. *Oh, sim, eu estou tão cansado, mas não pra dizer que eu tô indo embora.*

Eu

Eu vim aqui para te dizer uma coisa. Você deve supor que a travessia foi longa – e foi mesmo, mais do que você imagina. Eu não me espanto ao te olhar, é claro: eu conheço esse rosto ainda sem marcas, reconheço o contorno dos seus quadris antes da lipo, posso reproduzir a estampa das suas frouxas calcinhas de algodão, calcinhas que hoje você não usa mais. Embora meu rosto apresente marcas, sardas e rugas que o seu ainda não apresenta, não é assustador para você me olhar, eu sei. Eu me visto melhor do que você, estou mais magra e até meu corte de cabelo tem uma personalidade que o seu não tem. Não é preciso ser um gênio para constatar que, pelo menos ao que concerne à aparência, dezesseis anos a mais te fizeram muito bem. Eu não viajei até aqui, porém, para te tranquilizar quanto à sua aparência aos 32 anos.

Eu rasguei a pele para rasgar o tempo e eu rasguei o tempo só para te dizer: a única verdade que existe é o desencanto, menina. Essa esperança que cresceu feito unha de gato no seu muro te machuca muito mais aos 32 do que agora.

O desencanto será seu companheiro, não importa o que você faça. Como Briony, queria promover uma espécie de reparação, mas talvez eu não consiga te mudar. Meu objetivo então é outro: eu preciso – não me odeie por isso ou odeie, não faz diferença –, preciso jogar esse horror sobre alguém, e a única culpada, a única, é você.

Você me prometeu uma história diferente, você me prometeu beijos na chuva, corpos ardentes sob as estrelas, companheirismo e ternura, você me prometeu amor! Me prometeu! Sim, eu estou aqui para te cobrar, para puxar seus cabelos, te sacudir: onde está, onde está tudo o que você me prometeu? Onde? Veja as suas mãos daqui a dezesseis anos, menina, veja: absolutamente vazias. Por que você fez isso comigo? Me responda: por quê?

Como Maurício consegue trabalhar? Por quatro dias a gente conversou quase que o tempo todo: para acompanhar seu ritmo no MSN, eu tive de rebolar mais que genérico da Madonna. Apesar de eu ter levado mais trabalho para casa do que de costume, por conta da atenção que vinha dispensando a ele no horário comercial, a brincadeira estava boa.

"Hoje tenho boxe, vou voltar todo quebrado pra casa." – Maurício comenta no MSN.

"Nem um pouco criativa essa sua isca." – provoco.

"Que isca?"

"A isca do cara másculo que dá porrada. Aposto como essa história de boxe é mentira."

Maurício abriu a webcam, tirou duas luvas de boxe debaixo da mesa, as sacudiu para mim e sorriu. Depois interrompeu a transmissão da imagem. Meu objetivo era exatamente esse: ver se ele era mesmo o cara das fotos e se era tão bonito quanto elas sugeriam. Conclusão afirmativa em ambos os casos. Isso sim é que é enterrar a adolescência: todos os gatinhos que me esnobaram na escola, eu os peguei, peguei seus irmãos, seus primos, seus sósias, seus pares. Desse mal não morro.

Na sexta-feira, quase sete da noite, Maurício jogou a seguinte frase antes de se desconectar: "Pense na imagem de você tendo contato pela primeira vez com alguém num quarto totalmente escuro. Você tem meu número. Beijo." Hum... ele realmente achava que eu iria topar me enfiar num quarto desconhecido com um cara desconhecido? De jeito nenhum. Mas se fosse um quarto conhecido...

Enviei a ele um torpedo com meu endereço e as seguintes instruções: "A porta está aberta, tateie pelas paredes até encontrar o sofá, eu estou sentada nele." Maurício respondeu apenas "estou a caminho".

Ah, Madre Santíssima! E não é que ele aceitou? E se ele fosse um psicopata? Um ladrão? Tudo o que sabia dele, inclusive aquele escritório e as luvas de boxe que vi na câmera, podia não passar de uma cilada para mulheres desesperadas. Bem, eu estou desesperada.

Joguei uma toalha sobre a forte luz azul do roteador, desci as cortinas, escrevi um e-mail para um dos meus amigos mais chegados dizendo "se eu desaparecer, procure fulano de tal, no celular tal", destranquei a porta, avisei ao rapaz da portaria que o senhor Maurício estava autorizado a subir, apaguei a luz e me sentei no sofá. Meninas, não tentem fazer isso em casa.

Cortinas pesadas, nem um ponto vermelho de rádio-relógio, escuridão. Quinze minutos depois, um vulto enorme abriu a porta e entrou, algo semelhante a um Corcunda de Notre Dame com dois metros de altura. As primeiras palavras que ouvi Maurício dizer na vida – nós não havíamos sequer falado pelo telefone – foram:

– Você está aí? Não se assusta com o tamanho da minha mochila. É só uma mulher esquartejada.

Maurício tateou pelas paredes, tirou a mochila das costas e sentou no sofá, na ponta oposta a que eu estava. Podia divisar seu vulto, mas nada além disso.

Só fui ver seu rosto na manhã seguinte.

A semana correu numa semipaixonite: continuamos a conversar muito no MSN, à noite conversávamos mais uma ou duas horas por telefone, combinamos um sem-número de encontros, mas... quando saímos de novo, dessa vez com luzes acesas, cinema, jantar e mãos dadas, alguma coisa não encaixou.

– Sabe, prefiro conversar do que transar com você – Maurício me disse, ainda na cama.

– É, eu também – respondi com absoluta sinceridade.

Nossa primeira noite foi boa por conta do inesperado, do estranho, do tom David-Lynch-passou-por-aqui. Depois, perdeu a graça. Nos despedimos muito serenamente, sabendo que não nos veríamos mais: foi uma das relações mais civilizadas e afetuosas que já tive.

Fino e flácido

Passaram graxa negra na minha ladeira. E todos os dias, eu, imbecil e desmiolada, faço o mesmo caminho, cruzo as mesmas alamedas, escolho a mesma colina, piso na mesma graxa viscosa, deslizo pela mesma ladeira até o lodo, me debato, me emporcalho, me enojo e, ainda assim, no dia seguinte, lá estou eu no mesmo sítio.

Se eu tivesse algum problema de memória ou ficasse momentaneamente estúpida, vá lá, seria compreensível continuar a fazer o que faço. Mas acontece que eu tenho noção do que se passa aqui dentro durante todo o processo. Quando olhei para Rubens, aquele tropeço de dois metros e dois, eu soube que minha atração física por ele era um cisco: mesmo assim, nós fomos para cama.

Durante o ato, eu pensei – e pensar é um péssimo sinal. Pensei em mil trezentas e vinte coisas que eu preferiria fazer a estar ali: levar o cachorro que eu não tenho para passear, fazer curso de sobrevivência numa selva cambojana, ficar um domingo chuvoso segurando bandeira de imobiliária na rua. Pensei também no quanto o ato com aquele tropeço me era desagradável, no quanto sua pele não me dizia nada, no quanto era frustrante apalpar um braço fino e flácido. Ah, antes fossem os braços os únicos membros flácidos e finos por ali! Homem não precisa ter cabelo farto ou barriga de tanquinho, mas tem de ter músculos nos braços, bom hálito e um pau que suba: é o mínimo.

Por que eu o levei para cama? Não podia me despedir educadamente e ir para casa tomar um chá de lírio? Não é possível que eu não aprenda.

O que realmente me fez passar algumas horas com aquele tropeço foi a falta de opção. Entre o nada e o espinho, eu fico com o espinho: nunca se sabe quando um aroma de rosa pode nos surpreender. Sexo, apenas sexo, é o substituto vagabundo de uma relação amorosa completa, eu sei disso. E na falta de um risoto fumegante, engulo um pequeno verme cru. Não é gostoso, não cheira bem, não dá saudade, mas distrai a fome. É isso aí, cara-pálida: nos vemos na próxima refeição.

Monstro

Princesas precisam amar. Boas meninas precisam amar. Consumidoras de lingeries precisam amar. Leitoras de revistas femininas precisam amar. Boas profissionais precisam amar. Por debaixo de toda a liberação feminina e blablablá, o que nos ensinam, ainda, é a amar em suas múltiplas variações – de preferência, variações com aliança no anelar esquerdo e óvulo fecundado na barriga.

Eu não acredito nessa conversa de amor romântico. Toda paixão não passa de um encaixe de neuroses. Quando as neuroses se acomodam, temos um longo casamento, é isso aí. Sempre torço o nariz quando vejo uma pobre esposa massacrada anos a fio pelo marido tirânico: alguma coisa, de alguma forma, em algum nível, ela está ganhando com esse arranjo. Quem não tem opção é criança, o resto se vira.

Aprendi a respeitar e até a me identificar com os homens claramente cafajestes, os que chegaram em mim e disseram "é só sexo, menina, é pegar ou largar", os que mal se despediam, os que não dormiam comigo para não estreitar qualquer laço, sim, esses caras eu respeito: sabe-se exatamente onde se está pisando e eles não se escondem atrás de sorrisos de diamante. Não que não doesse: até que eu me acostumasse com esse jogo, doeu muito, doeu pacas, doeu um rio Tietê fedido de dor, mas eu acabei compreendendo afinal que eles – os claramente calhordas – eram os menos calhordas de todos. Eles eram aquilo mesmo: chegar, transar, ir embora. Chamava para bater papo? Eles não vinham. Chamava para assistir a um filme? Eles não vinham. Chamava para fazer sexo? Em vinte minutos meu interfone tocava. Eles têm a decência de tratar mal e porcamente uma mulher com quem eles querem apenas transar.

Eis aqui minhas pústulas, minhas vísceras, meus rosnados guturais: eu me tornei um de vocês. Sim, tenho um lado absolutamente predatório: eu disseco com o olhar qualquer perna cabeluda que passe por mim. Disseco e salivo: a multiplicidade de homens me é necessária. Se nenhum permanece, eu preciso de todos.

Estou sempre disposta a transar na primeira noite com quase qualquer tipo de homem, e nem por isso minha sede diminui: essa água não dessedenta. Mais um copo, rápido, antes que eu perceba que estou bebendo água do mar. Vocês criaram um monstro, rapazes. Espero que vocês estejam felizes, porque eu não estou.

Entre quatro paredes

Estamos no inferno. O tempo é ininterrupto: não há sono, não há pausa, não há distração. Numa sala sem janelas e constantemente iluminada, três estranhos são obrigados a conviver: para eles, é sempre dia.

Enquanto isso uma atriz fala na TV, cruzando as pernas com ares de sabedoria: "O inferno são os outros." Pelo visto, a tonta nunca leu a peça de Sartre e, se leu, não entendeu patavina. O inferno é nossa própria consciência e os outros são apenas o espelho crítico que não nos deixa esquecer que bela porcaria nós somos. Frases famosas, quando tiradas do contexto, são quase sempre mal compreendidas. Então tá, menina: continua acreditando que o filósofo assegurou serem os outros o problema, não você.

Me esforço barbaramente para atravessar as próximas horas aqui no meu apartamento de escorpião. Não sei se existe um nome para esse tipo de pânico, mas eu tenho horror a ficar sozinha numa noite em que todos estão se divertindo: as sextas-feiras, os sábados e os malditos feriados. Eis a hora da verdade: quem é amado está com alguém.

Estou nua como uma minhoca entre quatro paredes: sei que o problema sou eu. Os homens? Nunca foram espelhos. Eles vão e vêm, permanecem na superfície. Não ficam o bastante para me refletir e, no que me concerne, praticamente não existem. A dor que me castiga a cada romance malsucedido é sempre a mesma dor, e o protagonista daquela semana pouco importa: ele é o amor da minha vida e eu sofro sua perda e eu choro pela rejeição e eu arranco os cabelos apenas até o sol se pôr. Na noite nova, haverá um novo homem.

Aqui não há a anestesia das brigas familiares ou o choro de um bebê exigindo minha atenção. Estou só e o silêncio é mais letal que uma nuvem de gás Sarin. Eu precisava tanto que alguém se aproximasse hoje, eu preciso tanto que alguém se aproxime sempre. Mas não muito, não a ponto de ser espelho: apenas o suficiente para eu me esquecer de mim.

Jornalismo

Dez dicas para incrementar sua vida sexual, vinte posições que facilitam o orgasmo, trinta coisas que você precisa saber aos trinta, quarenta truques para manter seu homem sempre apaixonado, cinquenta passos para deixar de ser solteira, sessenta segredos que os homens escondem, setenta maneiras de transformar sua sogra numa aliada, oitenta possibilidades de conhecer sua alma gêmea, noventa passos para construir uma autoestima elevada, cem segredos de casais famosos para o relacionamento durar. Quem escreve essas matérias ultratransformadoras? Quá: eu.

A monotonia no meio editorial é uma constante, não apenas em revistas femininas. Existe uma linha editorial, existe uma pauta e existe a matéria desejada. Os profissionais consultados têm como única função dar um tom de credibilidade ao que já decidimos que vamos escrever. Vez ou outra, pinta uma matéria realmente legal: entrevistar uma juíza com colhões, uma boa escritora ou uma atriz que honra sua profissão e seus neurônios, como a Eva Wilma. Eu adoro a Eva Wilma.

Jornalismo é uma atividade bem elástica, de fato, mas o que me incomoda não é fazer matérias sobre o mais novo creme contra celulite – até porque eu não trabalho na editoria de beleza –, muito menos procurar um profissional que diga o que a revista quer publicar, pois isso não chega a ser desonesto (há espaço para vozes dissonantes nas chamadas matérias polêmicas). O que me irrita nessa profissão são aqueles que se travestem de jornalistas investigativos quando não passam de Narcisos mal-intencionados. Eu já saí com um tipo desses e, apesar da sua estampa atraente, deixei, de boa vontade, que a coisa caísse no esquecimento. O motivo era bem simples: nojo. Nojo moral. Vergonha alheia. Isso sem contar que eu dizia A, ele entendia B, eu dizia A, ele entendia codorna, eu continuava dizendo A, ele entendia chá de ruibarbo. O cara era mesmo um lixo! Foi saindo com ele que eu pensei: a diferença entre nós, mulheres ditas normais, e as prostitutas é que elas saem com algum no bolso, e nós nem isso.

Esse cara (cujo nome nem merece ser citado) faz um teatro sórdido na TV. São matérias assim: empreiteiro-desonesto versus mocinha-indefesa que não conseguiu receber o apartamento no prazo. Suponhamos que, no meio do caminho, ele descobrisse que a obra estava atrasada em apenas alguns poucos dias porque o empreiteiro se recusava a pagar propina para a prefeitura, e que a mocinha era uma inadimplente contumaz que jurou se vingar porque teve sua dívida cobrada. Suponhamos que, ao tomar conhecimento dos fatos, ficasse óbvio, patente e claro que o bandido era mocinho e a mocinha, bandida, o que aconteceria? Nada. Ele sai com a matéria "investigativa" pronta na cabeça e nada – nem a verdade – muda o roteiro. Para conseguir o que quer, ele irrita o entrevistado até que ele perca a cabeça. Quando isso acontece – e acontece: ele tiraria do sério até a Monja Coen – bang, ele obtém o que queria: um engravatado nervoso colocando a mão na câmera enquanto a mocinha chora vivendo de favor na casa da tia-avó. E ele ainda tem a cara de pau de chamar isso de jornalismo! Bem, mas como reclamar quando temos toda uma corte de criaturas versadas na arte de constranger o próximo que se autoproclamam jornalistas? Constrangimento virou ganha-pão. Prefiro fazer matérias sobre como tornar seu quarto um espaço sexualmente mais estimulante e, de vez em quando, como prêmio, entrevistar a Eva Wilma. Prefiro uma sombra honesta a um spot de lama. Não mudo o mundo, mas durmo bem que é uma beleza.

Blanche e Stella

O que me prende a Ian? Na história da nossa amizade, eu já ultrapassei todos os limites do bom senso e ele não se afastou de mim. Em contrapartida, ele me rejeitou sexualmente setenta vezes sete e, mesmo assim, eu o mantenho vivo.

Ian esteve aqui em casa ontem, veio assistir àquela estupenda versão de *Um bonde chamado Desejo*, com Vivien Leigh interpretando Blanche DuBois. Ah, Blanche... Ela é uma moça delicada, professora de literatura, que sonha com o príncipe encantado, se apaixona por um jovem e se casa com ele. Certo dia, ela pega o marido transando com um homem mais velho. Confrontado, o marido dá um tiro na própria cabeça. Viúva, Blanche passa a cuidar dos seus parentes que, um a um, adoecem e morrem. O tempo passa. Ela lava lençóis sujos de sangue: a morte a persegue. O desejo é o oposto da morte, pensa Blanche. Ela seduz homens, ela se deita com os soldados que passam bêbados pelo seu quintal, ela se enamora dos seus alunos imberbes, sempre transformando a realidade crua e malcheirosa num idílio novelesco no qual ela é a protagonista. Blanche perde sua propriedade por conta de dívidas ancestrais e vai morar no hotel Flamingo. Os pais de um aluno descobrem o romance entre ela e seu filho. O diretor da escola em que ela leciona a expulsa e toda a cidade a marginaliza. Sem dinheiro, sem trabalho, sem casa e sem amor, com a tal realidade malcheirosa se tornando cada vez menos disfarçável, uma Blanche perturbada reúne suas joias de vidro e viaja até Nova Orleans, para viver na casa de sua irmã Stella, que é casada com o bruto e sensual Stanley Kowalski. Aí, o filme começa. O filme ou a peça: Eva Wilma já interpretou Blanche no teatro (e o que eu não daria para ter visto isso!).

Aproveito, no escuro, a luz difusa da televisão e olho para Ian. Ele possui um maxilar definido, o lábio inferior carnudo, tem olhos cor de mel algo angustiados e um nariz ligeiramente adunco que compõe um todo harmonioso, mas nem um pouco arrebatador. A primeira vez que vi Ian, pensei: "Hum, não é tão bonito quanto nas fotos, mas acho que serve por hoje." Em que miserável trilha eu me meti entre o "acho que serve" e a "loucura de estimação"?

Nem é tão complicado assim compreender: Ian tem coisas que eu quero, não coisas materiais, claro. Há muito tempo eu sonho em falar inglês com total desenvoltura: assistir filmes sem legendas, ler meus autores prediletos sem a neblina das traduções, passar um mês em Londres e ir ao teatro todas as noites, me virar muito bem em quase qualquer parte do mundo, não seria o máximo? Além do meu deleite, imagine o que eu não poderia fazer na minha profissão se fosse fluente em inglês? Já cansei de perder entrevistas incríveis por conta dessa deficiência. Queria passar seis meses ou um ano fora apenas estudando a língua, absorvendo-a, tornando-a parte da minha natureza a ponto de pensar e sonhar em inglês. Se o gênio da lâmpada aparecesse agora, pode ter certeza que meu primeiríssimo desejo seria dominar a língua inglesa. Pois adivinhe qual a maldita profissão de Ian? Professor de inglês! Para completar meu estado de criatura mordendo o próprio cotovelo de inveja, Ian foi a Moscou ler Dostoiévski! Me diz se não é para ficar apaixonada?

Ian certamente diria que essa minha reflexão é psicologia de botequim. Ele sempre arremata minhas análises com um ar superior e uma frase de desdém. O que ele não me dá chance de dizer é que uma teoria simples, ou de botequim como ele gosta de chamar, pode ser verdadeira. O que não significa que ela não deva ser ampliada ou que não existam outras verdades boiando na mesma bacia. Para Ian, tudo é psicologia de botequim.

Pelo menos ele não comete a sandice de achar que Tennessee Williams é um psicólogo de botequim metido a escritor, pois isso seria equivalente a uma autorização para lobotomia. Blanche é mais do que uma boa personagem, ela é um riquíssimo arquétipo feminino. Eu chegaria mesmo a dizer que Blanche e sua irmã Stella abarcam todos os aspectos do feminino romântico. Mas esse blá-blá-blá pouco importa. Eu gosto de Blanche, é isso. Sem razão ou com todas as razões do mundo, eu gosto dela. Provavelmente a visitaria todas as semanas no hospício em que ela é recolhida no fim da peça.

– Ian, você é gay? – perguntei de chofre. Ele nem piscou:

– Ah, que conveniente você achar que eu sou gay só porque eu não te como, hem?

É, Ian tem razão: isso seria conveniente para a minha vaidade, embora responder com outra pergunta não seja negar. Blanche, tontamente, permanece anos a fio apaixonada por um gay – e um gay morto. Eu gosto muito de Blanche, mas eu não sou ela.

Apenas números

Uma a cada quinze dias: este tem sido meu sistema. Tatuo, queima, arde, pele sua tinta, coça, forma casca, cai a casca: pronto, hora de fazer a próxima. Não é apenas uma questão de esperar a ferida cicatrizar (ah, sim, tatuagem é uma ferida com tinta por todos os lados), mas de verificar se haverá a necessidade de retoques. Às vezes, nos dias que se seguem, a tinta se espalha como um abscesso, incha, deforma um pouco o traço, deixando-o maior ou menos perfeito. De qualquer modo, o que me interessa no processo é a cicatrização: passar para fora a ferida que está dentro e tornar a cura palpável, visível, poder passar pomada na dor. O processo deixa uma cicatriz de tinta, ok, mas me alegra saber que está na superfície da pele e não mais encravada nas minhas entranhas, cancros eternos, eu não os quero. Eu me odeio por ter me envolvido com a maior parte desses homens, eu odeio o tempo perdido em cada célula-tronco de um possível namoro, a energia gasta, a ilusão sempre acesa: odeio minha ingenuidade. A inocência é uma bruxa.

Em que número estou? Em tatuagens, vigésima primeira; em homens, trigésimo nono: quase mudando de dezena. Pode parecer absurdo, eu sei, porém tatuar o corpo me distrai. Distração cara, distração eterna, é verdade. Mas também distração estética, distração enfeite: minhas costas estão ficando lindas, são as cicatrizes mais bonitas que eu já vi. E serão 32, não mais que isso. Porque eu quero.

Fazer listas não é ridículo: é uma necessidade para quem não possui o estofo emocional de um amor inteiro, é uma forma de afogar a frustração por não ter quem você ardentemente deseja, é um pensamento mágico, um colete salva-vidas, uma bolha de sabão. Florentino Ariza fez uma lista detalhada das mulheres com quem se deitou (ou nem chegou a literalmente se deitar) apenas para se distrair da dor por não ter Fermina Daza, a única que ele queria. Florentino passou dos seiscentos nomes, e eu, com parcos trinta e poucos, haveria de me sentir mal? Talvez. Sempre achei Florentino infantil, quase um retardado emocional. Então eu vou passar a vida inteira acrescentando números a uma lista? Nunca homens, apenas números? Esses nomes não significam nada para mim, não sei quem eles são de fato, em que colégio estudaram, quais dos seus sonhos naufragaram, quais ainda subsistem, não sei os nomes das suas mães nem se eles serviram ao Exército, não sei qual deles gosta de comida apimentada, se algum já teve dengue ou catapora, não sei quais as suas canalhices, suas vitórias, seus tiros no escuro. À exceção de quatro ou cinco homens com quem me relacionei mais longamente, os outros todos nem rosto têm para mim. Eles são apenas números, como eu.

Édipo

Duas semanas atrás, um dos meus contatos no MSN me chamou para sair e, óbvio, lá fui eu. Bonito como um cavalo de raça, acho que o homem mais bonito com quem já saí. Num determinado momento, supondo que era do meu agrado, ele torceu meus braços para trás. Eu não consegui reagir para dizer "não faça isso, eu não gosto de sentir dor", apenas olhei para o espelho e me vi ali, nua, sem anestesia.

O que doeu nos meus olhos não foi o ato em si, mas o que ele simbolizava: uma completa ausência de sentimento. Eu era um pedaço de carne sob outro pedaço de carne, nada mais. O sexo sem afeto, para mim, sempre quebrou um galho momentâneo. A sua grande falha é a brevidade: o frisson só existe enquanto a pele do gajo está colada à minha, basta ele se afastar para a sensação de que nada aconteceu se instale. Por isso é imperiosa a substituição rápida e contínua de homens. Não há mais leveza no meu dia, minha pele não fica viçosa, nenhum sorriso escapa sem razão da minha boca, em suma, não há estofo emocional. E é em busca desse estofo que eu, a fórceps, inventei tantos amores. O nosso amor a gente inventa pra se distrair e quando acaba a gente pensa que ele nunca existiu. Pois é, ele nunca existiu mesmo.

Apenas algumas horas após o encontro com o homem-cavalo, acordei com um incômodo inchaço nos olhos.

Dias depois, com três entrevistas para fazer no Rio, eu pegava um avião na condição de deficiente visual, com um funcionário me amparando. Me lembro de quando cheguei ao Santos Dumont e fui ao banheiro. Por um instante tirei os óculos escuros, me aproximei do espelho, abri os olhos inchadíssimos o máximo que pude e, com muita dificuldade, consegui ver que eles estavam cor de sangue. Compromissos profissionais se misturaram a visitas a prontos-socorros, mas a verdade é que, àquela altura, nenhum oftalmologista podia dizer ao certo o que eu tinha.

Mas eu podia. Édipo, personagem da mais famosa tragédia de Sófocles, quando finalmente desvenda e aceita a horrenda verdade do seu destino, retira os grandes colchetes de seu manto e com eles arranca os próprios olhos. "Não quero mais ser testemunha de minhas desgraças, nem de meus crimes! Na treva, agora, não mais verei aqueles a quem nunca deveria ter visto, nem reconhecerei aqueles que não quero mais reconhecer!"

O crime de Édipo foi, inadvertidamente, ter matado seu pai, Laio, e se casado com sua mãe, Jocasta, com quem teve quatro filhos. O meu crime foi fingir para mim mesma que esse tipo de relação me saciava. A única maneira de suportar a verdade, para Édipo, foi arrancar seus olhos das órbitas. A única maneira que encontrei para ver que eu estou me deixando em frangalhos foi cegar a mim mesma.

Sexo sem amor é faca nas entranhas, é se retalhar aos poucos, é abrir ferida sobre ferida – e quem diz isso não é nenhuma puritana: sou eu. Estou longe de ser uma Engraçadinha de Bíblia na mão, apenas... eu quero mais do que um eventual carinho, aquele carinho sem esforço, que um homem faz até num vira-lata, e que, para mim, de tão raro, já ganhou status de paraíso. Me lembro de uma das páginas de um livro do Chico Xavier: o sexo é um rio, o amor é um dique. É o amor que dá à força vital do sexo um norte, um rumo, uma expressão criativa e verdadeiramente prazerosa. Li, não absorvi, muito menos coloquei em prática: que bela porcaria de espírita eu sou. Estou no desgoverno, na enchente, engolindo lama, estou entregue a uma corredeira selvagem, com frio, faminta, exausta.

Ao voltar para São Paulo, percebendo o mundo apenas através dos cheiros e dos sons (meus outros sentidos ficaram extremamente sensíveis), finalmente foi possível detectar o que eram aqueles cacos de vidro que eu sentia dentro dos olhos, aquele inchaço brutal, aquela sensibilidade a qualquer sombra de luz. Eu tive, ao mesmo tempo, uma manifestação aguda de adenovirus (a mais potente das conjuntivites) e herpes no globo ocular. Ao ouvir o diagnóstico, em vez de ficar horrorizada (afinal eu nunca tive herpes em lugar nenhum, vou ter justo no olho?), o que senti foi alívio: eu pude tratar o problema e ficar boa.

Há uma sabedoria exemplar em como nosso corpo (em conluio com nossa alma) transforma a dor emocional que não queremos ver em dor física palpável. É uma maneira de nos acordar, quem sabe um último e desesperado recurso. Eu estou gritando.

Hoje acordei com nojo da minha cama. Estou desde as cinco da manhã assistindo a um canal de compras em busca de colchões novos. Os de boa qualidade, com espuma inteligente, tecnologia da NASA, tecido que respira quatro vezes mais etc. estão bem acima do meu orçamento. Desejo de me endividar não falta: vontade de jogar hoje mesmo minha cama no lixo e assistir, com um lenço a proteger o nariz e a boca, a cada partícula dela se espatifar sob engrenagens vorazes.

Nós somos uns ignorantes científicos: o quanto há para se descobrir? Alguém seria tolo o bastante para refutar ideias sobre um terreno ainda pouco explorado? Dizem que há médiuns que conseguem sentir o que se passou num lugar apenas tocando nas paredes (são chamados psicômetras: eles veem a memória das coisas); dizem que o plano etéreo mantém formas-pensamento boiando onde elas foram ou continuam sendo vigorosamente emitidas; dizem que os objetos guardam as vibrações nas quais foram submersos. Asco. Sinto asco ao elencar as miseráveis formas-pensamento que talvez estejam grudadas a minha cama: eu preciso me livrar dela.

Ligo para o banco: saldo negativo de mil e setecentos reais. Não dá nem pra pensar num rombo maior. O que eu faço com essa cama nojenta? O quê?

Toda vez que penso na palavra "vizinha" me vem à cabeça a velha sinistra de *O bebê de Rosemary*, trazendo penduricalhos do mal e vitaminas de sabe-se lá Deus do quê. Sempre morri de medo que alguma vizinha se pusesse a bater na minha porta sem cerimônia, por isso nunca dei sequer meia brecha. Vizinho bom é silencioso, distante, impessoal, se possível inexistente. Mas reconheço: eles têm lá sua serventia.

– Olá, dona Tânia. Será que a senhora pode me alugar o Vaporetto por um dia?

E não é que ela alugou mesmo? Quero dizer, eu supunha que dona Tânia fosse responder "imagina, eu te empresto", mas não, a japinha mexeu os dedos e revirou os olhos numa simulação de conta e deu o valor: tanto por dia. Eu deveria ter barganhado: eu o usaria, no máximo, por duas horas. Ah, não vale a pena entrar para esse clube.

Arranquei os lençóis, liguei o Vaporetto e, enquanto ele esquentava, fiquei ali analisando as vinte cinco mil e quinze manchas num colchão de casal com apenas quatro anos de uso. Manchas e intenções de limpeza por toda a superfície: eu não sou porca, tentei limpá-las. Rodelas amareladas dos mais diferentes espectros: menstruações, lubrificantes, espermas, vinhos, cremes, salivas. Que nojo!

Uma hora depois, a superfície era outra: sobraram apenas algumas marcas sutilíssimas. O mais importante é que aquelas crostas imundas, crostas visíveis foram varridas com vapor d'água em temperatura altíssima. Não quero que nada sobreviva aqui, nada. Minha memória já é nódoa suficiente.

Divórcio

Quando seu pai some e deixa três crianças para trás sendo que uma dessas crianças é um bebê, quando esse bebê é você e você é a cara do seu pai, quando sua mãe dorme com você até os treze anos segurando sua mão – ou você segurando a mão dela –, quando essa criança vira mulher e um dia é acordada pela notícia de que o pai que ela nem conhecia havia morrido, quando essa mulher vê o corpo inerte de um estranho entre cravos ligeiramente apodrecidos e tem vontade de montar no caixão e berrar: "Como você pôde fazer isso? Eu era um bebê, um bebê!", quando ela vê seus irmãos olharem para o mesmo corpo inerte e terem vontade de vomitar cada um seu próprio inferno, quando essa mulher continua a morar com a mãe e a cumprir seu papel de substituta de uma ausência, quando tudo isso acontece, esse bebê, essa criança, essa mulher precisa fazer uma coisa.

Mamãe nunca mais se casou, nem namorou, se bobear sequer flertou com alguém depois que aquele corpo inerte foi embora de casa. Ela continuou fiel, talvez porque eu estivesse ali, ocupando o trono subitamente vazio. Agora entendo a razão pela qual ela disse "Você sempre pôde ir embora" quando eu decidi morar sozinha. Papai foi embora, e eu, que fiquei em seu lugar, sempre pude fazer o mesmo – embora fosse um consolo que eu não fizesse, era um sopapo na cara do abandono eu estar ali de pijama de golfinhos todas as noites.

Eu resisti o quanto pude para, como um marido substituto, me manter fiel à mamãe: cheia de espinhas, muito gorda, cabelos sem cuidado, estranhamente tímida, querendo me tornar invisível, sem provocar em nenhum menino o desejo de chegar junto, mandar bilhete ou roubar um beijo. Certo dia, porém, eu descobri o reflexo loiro, a reeducação alimentar e as lojas de moda jovem. Mais tarde mudei para minha própria casa, cortei o cabelo bem curto e transei com mais de 32 homens.

Foi um longo divórcio.

A casa

Família vende tudo. Esfreguei os olhos: não acredito! Desde que eu me conheço por gente aquela casa está ali, abandonada na frente do largo: imensa, soturna, paredes enegrecidas, edícula desmoronando, portões enferrujados, jardins selvagens, fonte seca. Um verdadeiro paraíso para uma criança fantasiosa. E agora sua negra porta estava aberta para que qualquer um entrasse. Incrível!

A casa deve ter sido alvo da disputa de herdeiros teimosos e avaros, só pode ser: por qual outro motivo aquele espaço imenso ficaria por três décadas abandonado? Minha família tem lá seus desencaixes como qualquer outra, mas, graças a Deus, essa mesquinharia de brigar por dinheiro nunca nos alcançou. Ok, nós não temos muito dinheiro, mas é preciso ter muito para demonstrar apego? Dois anos atrás, depois de uma série de inquilinos inadimplentes, mamãe resolveu vender uma casa que tínhamos perto do aeroporto. Ela dividiu o dinheiro em três partes iguais: uma para cada filho. Minha irmã, porém, estava numa situação financeira bem complicada naquela época; meu irmão deu a ideia e eu topei: a maior parte da grana ficou com ela. Sei que, num momento de necessidade, eles também seriam generosos comigo – ou gosto de acreditar que sim.

Não quis interromper o passo para não dar bandeira, mas foi impossível não tornar silenciosamente solene o momento de entrar naqueles portões agora escancarados. Ultrapassei o limite entre rua e propriedade privada com o pé esquerdo: tudo bem, nunca fui supersticiosa. No pórtico, um senhor contava a três moças, talvez suas netas, dado o interesse com que elas o ouviam, sobre uma querela com o governo envolvendo cifras astronômicas. Eu os cumprimentei com um sorriso e um menear de cabeça e entrei na primeira sala. Sim, descobri que havia quatro delas, todas pequenas, todas com vitrais coloridos, lustres de cristal, varões em ferro trabalhado, paredes com retângulos de gesso e, em cada retângulo, flores pintadas, um outono perfeito: verde musgo, rosa antigo, marrom, cáqui, bege, vinho desmaiado. A casa, por dentro, era sombria, suja, estava atulhada de quinquilharias antiquíssimas e caindo aos pedaços: exatamente como eu imaginara.

Numa das salas, a de jantar, a mesa parecia igual à da casa da minha madrinha em Piracicaba (outro casarão da minha infância). Para me certificar, abaixei. Conheço melhor aquele estilo de mesa por baixo, dadas as incontáveis férias nas quais eu a transformei, com a ajuda de alguns lençóis, na minha casinha sob a qual passava horas brincando até cair no sono e ser levada para a cama por alguma alma nobre. Ajoelhei, estiquei o olhar, sustive a respiração para não entupir os brônquios de poeira: não, por baixo a mesa não era igual, esta era muito mais entalhada.

No andar de cima, apenas dois quartos com seus respectivos vestíbulos e portas, muitas portas, tudo interligado – meu Deus, não havia privacidade antigamente, como transar em paz com aquele monte de frestas nas quais qualquer pessoa poderia encostar um ouvido curioso? O banheiro era apenas um: a pia, o vaso sanitário com uma portinhola incrustada na parede que escondia um pequeno túnel até o andar de baixo e uma banheira. Por que uma casa tão grande com apenas dois quartos? Não compreendo.

Desci, dei uma volta no jardim, no qual uma fonte e um balanço apodreciam sem estardalhaço (o balanço era feito especialmente para torturar crianças malvadas: de ferro, uma cadeira de frente para a outra, ambas soltas, sem barra de segurança embaixo, ou seja, quando uma criança se balançava, na volta ela batia com tudo ou na cadeira da frente ou na perna da criança que estivesse ali sentada).

Pensei que visitar aquela casa, depois de trinta anos espichando olhos do lado de fora, fosse me causar alguma angústia ou reflexão ou estranhamento ou euforia ou saudosismo. Mas a exploração não me causou nada, nenhum frisson. Talvez a roda-viva carnal na qual me chafurdo tenha me insensibilizado mais do que imagino.

Estou na corda bamba, pendurada entre dois casarões. Lá está a menina virginal que deveria a esta altura estar casada, com filhos e participando das festas de família com seu marido de pochete e mocassim. E lá também está a louca desenfreada que dá para todo mundo e, de tão mergulhada na dor, acabou por se anestesiar, nem sabe mais o que é perna, braço, cabeça ou barriga. Estou no meio: sei que não posso ser feliz de um lado, sei que não sou feliz do outro, e simplesmente não sei o que fazer. Os casarões não são mais abrigo para a minha fantasia.

Epifania

Epifania, segundo o dicionário, é uma iluminação divina, um esclarecimento instantâneo, uma compreensão que te atinge como um raio. Bem, eu tive uma epifania ontem e não foi exatamente assim – e, como a epifania é minha, eu a explico como bem quiser. Sacadas realmente profundas não se dão de forma súbita: elas se elaboram por sob a pele, ossos, veias, às vezes por anos a fio. Esses *insights* parecem pular ansiosos e desconexos como rãs de Belleville, contudo não há nada que tenha uma gestação mais longa e estruturada do que uma epifania.

Ian veio ontem aqui e tomou quase uma garrafa inteira de vinho. Enquanto esperávamos o táxi que o levaria embora, eu me sentei em posição de lótus no sofá e comecei a lhe fazer cafuné. O prazer sensorial estava lá – no entanto, havia algo mais. Fazer cafuné em Ian por alguns minutos me deu mais estofo emocional do que minhas últimas, sei lá, dez transas, talvez vinte. Por um simples detalhe: havia afeto legítimo ali, pelo menos da minha parte. Não digo que sempre sinta carinho por Ian, o mais normal é que eu sinta raiva e desejo de subjugá-lo, mas, naquele momento específico, sim, era carinho.

Eis a iluminação que serpenteou até a superfície e eclodiu por conta de um cafuné: seria bom se eu ficasse um tempo sozinha. Sabe quando você toma um vinho barato por tantas vezes que não sabe mais o que é um vinho de qualidade? Sabe quando você se apaixona e desapaixona tanto que passa a considerar o processo nada além de uma cansativa pantomima? Não estou dizendo que os homens que tive nos últimos anos não passaram de vinhos baratos, de modo algum, eles têm seu valor como todo mundo: meu afeto por eles é que não foi além de uma cachaça de cadeia, embora eu tenha mentido com muita competência – sobretudo para mim.

E agora não há nada que me pareça melhor do que ficar sozinha, em silêncio no fundo do mar como ostra a gerar uma pérola. Por perto, nenhum som, nenhum cheiro, nenhuma forma. Nem mesmo os cabelos de Ian.

Sob o sol

Estou no sofá, sob o sol. Na minha casa há duas janelas – uma a leste, outra a oeste. Elas são tão grandes que as paredes que as abrigam parecem apenas molduras de dois imensos quadros em movimento.

Minha vida romântica – e creio que a de quase todo mundo – se parece com esta sala: janelas (às vezes maiores, às vezes menores) que proporcionam períodos de sombra e luz.

Quando um relacionamento acaba, eu tenho a tendência de contaminar todas as lembranças com fel e ácido por conta das últimas palavras, das últimas decepções, da última briga. Esse quadro, porém, não é real – e eu tenho de render honras à verdade. Houve sombra, sim, mas quanto de sol não houve?

Quantas descobertas, quantos momentos soberbos, quantas trocas enriquecedoras alguns desses homens me proporcionaram antes da derrocada? Adoro falar mal dos machos humanoides, mas eles são esses crápulas absolutos que só me causaram dor e sofrimento? Claro que não. Eu tenho boas lembranças. Decidi hoje parar um pouco sob o sol e me lembrar. Me lembrar do Fábio.

Me lembro de quando marcamos encontro numa livraria e depois fomos assistir a um filme obscuro incrivelmente bom. Quando descemos, abraçados, as escadas quase vazias do cinema, o sentimento foi imperioso: eu estava feliz. Existe sol aí.

Me lembro de quando eu estava na sacada do meu apartamento com um vestido verde esperando por ele. Eu havia ficado sete dias fora por conta de uma viagem de trabalho e quando Fábio, de longe, me viu, começou a correr em direção ao meu prédio porque estava com muita saudade. Me lembro do sorriso dele quando abri a porta, do quanto foi bom me jogar nos seus braços e de quão intensa foi aquela noite. Existe sol à beça aí.

Me lembro de quando ele trouxe os DVDs de *O barba ruiva*, *Dodeskaden*, *Trono manchado de sangue* e do seu entusiasmo ao me introduzir nos filmes do Kurosawa. Existe sol aí.

Me lembro das fotos que tiramos nus nas quais a pele de índio-urucum dele se derramava por sobre a minha formando um contraste próximo do sublime. Me lembro do cheiro inebriante que aquela pele espargia e de como ele ronronava até dormir quando eu passava as unhas levemente pelas suas costas. Existe um belo sol aí.

Então, hoje, eu me sento no sofá. Não me preocupo com a luz: enquanto houver sol, ele entrará pelas janelas. E quando o sol tiver se posto, haverá outros matizes: a luz dos bares, dos restaurantes, dos cafés e, por fim, a lua. Para manter o equilíbrio entre luz e sombra, basta que eu também me lembre do que foi bom – e mantenha as cortinas abertas.

Austrália

Quem não me conhece, duvida. Quem me conhece, já está tirando da gaveta o lencinho para acenar um perfeito adeus no porto de Santos. Âncoras tive muitas, agora chega.

Matéria de turismo nunca foi o meu forte, mas a Selma ficou doente e não pôde fazer o cruzeiro até a Austrália. As outras meninas da redação – as que possuem competência suficiente para montar a matéria toda – ou são casadas e não podem ir por questões que eu não compreendo (nem quero) ou têm filhos e não podem ir por questões óbvias e compreensíveis. Foi assim que meu celular, no sábado passado, tocou às nove da manhã. Era minha chefe:

– Você pode passar dez dias na Austrália?

No mesmo instante baixou uma Scarlett O'Hara e pensei: "Dez dias? Eu posso passar até seis meses na Austrália! E – Deus é minha testemunha! – é exatamente isso que eu vou fazer!" Foi assim: um raio, uma abundância de exclamações e um começo feliz.

Às vezes eu tenho a sensação de que os fatos realmente significativos da minha vida estão sendo guiados do alto, por cordas invisíveis. Situações insuspeitas vão se somando a outras até que um feixe brilhante as reúne em perfeita harmonia e eu compreendo: tudo estava orquestrado para me fazer chegar num determinado ponto.

Eu tinha seis dias para partir – nem um hiato a mais. Subloquei meu apartamento para uma prima que veio cursar a faculdade de Belas Artes em São Paulo. Me matriculei num curso matutino de inglês em Canberra (é mais barato do que em Sydney). Acertei ficar, a princípio por um mês, na casa de Mrs. Valkenburgh, uma senhora estilo Vovó Donalda. Separei minha parte na venda da casa do aeroporto e abri uma conta conjunta com meu irmão para que ele possa me enviar dinheiro quando necessário. Após alguns gramas de espuma branca nos lábios da minha chefe, continuo na revista (posso entrevistar quem eu quiser e trabalhar em qualquer parte do mundo, afinal). Comprei uma mala e uma mochila novas, com costuras reforçadas para aguentar o tranco. Um bom profissional, quem sabe até um aborígene que tatue com martelo, é coisa que depois encontro: ainda faltam sete tatuagens.

E, agora, exatamente agora, estou jantando com a assessora de imprensa da Royal Caribbean, que paga minha viagem, e mais nove jornalistas, um mais interessante do que o outro – não, por incrível que pareça, eu não estou falando de sexo. Ramalho, mês que vem, vai fazer Paris–Istambul de bicicleta, Alexandre vai fotografar setenta e quatro túmulos na Índia, Luciana vai para a Antártida num cruzeiro sem muito luxo, mas quente o bastante para que as sopas enlatadas não congelem, Cristina vai refazer o percurso de Thelma e Louise, sem despencar no abismo, Cláudio vai em busca das múmias de Chachapoyas, Melissa vai fazer a versão brasileira da caminhada a Santiago de Compostela, Pedro vai cobrir as dez maiores paradas gays do mundo, Ellen vai viajar por toda a Transiberiana, Gisela vasculhará Brasil e Itália em busca da pizza perfeita e eu, além da matéria sobre este cruzeiro, já acertei fazer, na Nova Zelândia, a excursão-Senhor-dos-Anéis e, de quebra, morar seis meses na Austrália. Seis meses, no mínimo.

Todas as mulheres têm 32 anos

Basta olhar à minha volta no deque do navio: todas as mulheres têm 32 anos. As décadas vividas se tornaram uma neblina que deságua sempre no número 32. As mulheres de 32 estão tão novas e cheias de viço que, não raro, se confundem com as de vinte. As de quarenta estão tão bem cuidadas que, via de regra, parecem ter 32. As de cinquenta, que souberam cuidar de mente e corpo, são agradavelmente perseguidas pela frase: "Não te daria mais que 32!" E as de sessenta se gabam: "Sabe como eu me sinto? Com 32!"

Nunca, em toda breve ou longa (depende do ponto de vista) história da humanidade, houve um tempo em que as mulheres estiveram tão próximas. Os perfumes, maquiagens, palavras, desejos, objetivos, joias, sonhos, decotes, projetos são os mesmos. A infantilidade, as fraquezas, a ignorância também.

As de catorze estão nas vitrines namorando saltos altíssimos como as de 32. As de dezessete estão questionando sua escolha profissional como as de 32. As de vinte têm a garra e a fome de realização das de 32. As de vinte e cinco têm o mesmíssimo frescor da pele das mulheres de 32. As de vinte e nove estão conhecendo melhor o seu corpo como as de 32. As de trinta e seis estão se separando como as de 32. As de quarenta não se despediram dos seus 32. As de quarenta e três são férteis como as de

32. As de quarenta e cinco se olham no espelho e se veem com 32. As de quarenta e sete sonham em se perder numa ilha com o Sawyer como as de 32. As de cinquenta estranham o meio século porque sua conta interna não vai além do 32. As de cinquenta e cinco vão regularmente ao ginecologista como as de 32. As de sessenta e um estão escandalizadas por se sentirem rigorosamente com 32. As de sessenta e quatro cantam Beatles como as de 32. As de setenta já compreenderam que terão, para sempre, 32. As de setenta e nove se desmancham em mimos para os seus animais de estimação como as de 32. As de oitenta e oito desistiram de tentar provar aos outros seus eternos 32. As de cem escrevem suas memórias em 32 capítulos. E todas estão apaixonadas.

Eu chego à Austrália amanhã. Aos 32 anos.

FIM

SUMÁRIO

#LBR25303
32: 32 homens, 32
tatuagens

Este livro foi impresso na Editora JPA Ltda.
Av. Brasil, 10.600 – Rio de Janeiro – RJ,
para a Editora Rocco Ltda.